刘湘宾

匠心筑梦守初心

薪火相传映丹心

“大国工匠人物传”丛书

刘湘宾

数控铣工『亮剑』

祝盼◎著

中国工人出版社

图书在版编目（CIP）数据

刘湘宾：数控铣工"亮剑" / 祝盼著. -- 北京：中国工人出版社，2025. 9. -- ISBN 978-7-5008-8584-9

Ⅰ. I25

中国国家版本馆CIP数据核字第2025Y8A333号

刘湘宾：数控铣工"亮剑"

出 版 人	董　宽
责任编辑	刘广涛
责任校对	张　彦
责任印制	黄　丽
出版发行	中国工人出版社
地　　址	北京市东城区鼓楼外大街45号　邮编：100120
网　　址	http://www.wp-china.com
电　　话	（010）62005043（总编室） （010）62005039（印制管理中心） （010）62379038（社科文艺分社）
发行热线	（010）82029051　62383056
经　　销	各地书店
印　　刷	宝蕾元仁浩（天津）印刷有限公司
开　　本	880毫米×1230毫米　1/32
印　　张	5.5
字　　数	93千字
版　　次	2025年9月第1版　2025年9月第1次印刷
定　　价	49.00元

国之大者，工匠先行

——“大国工匠人物传”丛书总序

在中华全国总工会成立100周年之际，全国总工会宣传教育部、中国报告文学学会、中国工人出版社联合开展了“文艺工作者走基层”活动，推出“大国工匠人物传”丛书，向全国总工会献礼，向广大劳动者致敬！

“知者创物，巧者述之守之，世谓之工。百工之事，皆圣人之作也。”这是中国所见年代最早的关于手工业技术文献《考工记》中对工匠的记载。“工”之责在于造物，“匠”者为能工鼎识者也。

幼时，老家云南昆明大板桥的老街上，从南头到北头，都是大大小小的手艺人，木匠、石匠、焗匠、骟匠、竹篾匠、鞋匠、箍桶匠……空气中飘荡着木匠的刨花香和石匠敲打出来的粉尘，充满着焗匠手中皮带的“吱扭扭”声、骟匠刀下小猪猡的闷哼、箍桶匠皮锤不轻不重的敲击声。老街上的竹篾匠是我的一个表姨夫，他来自四川，有着一手出神入化的编造竹篾手艺。粗壮的毛竹是表姨夫手中的“百万雄兵”，在一把锋利无比的刀的指挥下，被劈成厚薄、粗细不一的篾。表姨夫的本领仅次于撒豆成兵的天神，他能化篾成物，一般家里能见到、用到的器物，他都能用竹篾编出来。母亲曾命我在老街上买一个暖水瓶的内胆，然后去表姨夫的摊位上，坐等他为暖水瓶胆编制一件竹制的外壳。那个暖水瓶至今还在我家老屋的一个角落里。竹篾壳早已被岁月包了浆，虽然久不使用，却依然油润、红亮。这便是我幼时对匠人的记忆。

五千多年的中华历史长河中，涌现出了无数能工巧匠，他们或如明月光照，或如星河璀璨。一代代薪火相传的工匠精神，不仅成就了那些流芳百世的绝世建筑与器物，更是烛照我们通向文明现代化进程的精神之光，是我们文化的自信心、民族的根与魂。

从“嫦娥”探月到“祝融”探火，从“北斗”组网到“蛟龙”深潜，从港珠澳大桥横跨三地到大兴国际机场凤凰腾飞……这些挺起中华民族脊梁的大国重器、世纪工程背后，无不凝聚着万千工匠的心血和汗水，映照着工匠们孜孜以求、拼搏奋进的身影。

本套丛书收录的是全国总工会历年评选出的大国工匠

的人物传记。他们当中有焊接高铁的“工人院士”李万君、打破国外高端设备维修垄断的王树军、让中国锻件立于世界之巅的刘伯鸣、“人刀合一”的顶级钳工李凯军、在高空“穿针引线”的竺士杰、油田里的创新能手刘丽、了不起的“钢铁裁缝”艾爱国、数控机床上的“雕刻师”孟维、让三星堆文物“活”起来的郭汉中……他们有的是传统加工业的锻造者，为了突破技术瓶颈精益求精；有的是新兴制造业的探路者，为了实现精密制造巧思妙想；有的是军工行业的铸剑者，为了打造国之重器默默坚守；有的是民间手工艺的守护者，为了传承非遗文化精雕细琢……他们奋战在国防军工、装备制造、传统工艺等行业的第一线，以久久为功的钻研和创新，造就了一个个传奇。

这些杰出的工匠，尽管行业不同、岗位不一，成长经历各异，但他们都有着爱党爱国、敬业奉献、创新争先的优秀品质。他们耐得住清贫与寂寞，用灵巧的双手和精湛的技艺，数十年如一日地在平凡的岗位上雕琢自己心中的梦想，以实际行动诠释着“执着专注、精益求精、一丝不苟、追求卓越”的工匠精神。“天下大事，必作于细。”工匠精神既是中华民族技艺世代传承的价值理念，又是中国开启新征程，从制造业大国迈向制造业强国的时代需要。

“大国工匠是我们中华民族大厦的基石、栋梁。”2024年3月5日，习近平总书记参加十四届全国人大二次会议江苏代表团审议时强调“树立工匠精神”，指出“没有金刚钻，揽不了瓷器活”，要“把第一线的大国工匠一批一批培养出来”。党的十八大以来，习近平总书记对建设高素质劳动大军高度重视，强调“当代工人不仅要有力量，还要有智慧、有技术，能发明、会创新，以实际行动奏响时代主旋律”，深刻阐述工匠精神“执着专注、精益求精、一丝不苟、追求卓越”的内涵要义，号召全社会弘扬工匠精神，“为全面建设社会主义现代化国家、实现中华民族伟大复兴的中国梦提供有力人才和技能支撑”。

“匠心聚，百业兴。”无论是传统产业，还是新兴产业、未来产业，大国工匠在发展新质生产力的历史进程中不可或缺。随着经济发展方式转型和产业结构升级，中国要实现由制造大国向制造强国的转变，实现由中国制造向中国创造的跨越，离不开广大劳动者的创新和创造，更离不开对工匠精神的继承和发扬，于是呼唤更多大国工匠成为时代强音。

文艺是时代进步的号角，最能代表一个时代的风貌，最能引领一个时代的风气。中国报告文学学会、中国工人出版社联袂推出“大国工匠人物传”丛书，以图书的形式为大国工匠树碑立传，让他们的故事和精神具有更广泛的交流传播价值和长久的史料价值。本套丛书的写作者奔赴大国工匠生活的城市，深入大国工匠工作的厂区、车间、工作室，获取了全面细致的第一手材料，最终将大国工匠的成长、成才故事呈现在读者面前。

“大国工匠人物传”丛书讲述的是个人奋斗史，也描绘出大国工匠的群体形象。可以说，这套丛书是目前国内系统研究众多大国工匠人生轨迹的权威读本，既有对每位大国工匠的整体介绍和事迹梳理，又有具体的事件、案例，全面、生动地展示了大国工匠各个人生时期的工作和生活状态。

新时代是奋斗者的时代，中国式现代化建设新征程这一宏伟事业为广大工匠技能人才成就梦想提供了广阔舞台。每位劳动者都是主角，都可以成为工匠精神的践行者。大国工匠是新时代的最美奋斗者，更是和平年代当之无愧的英雄。

国之大者，工匠先行，向着中华民族伟大复兴的目标砥砺奋进，行稳致远。

是以为序。

目　录

第一章 「微米」世界

2022 年 3 月 2 日，中华全国总工会、中央广播电视总台共同举办 2021 年“大国工匠年度人物”发布仪式，央视直播到陕西航天时代导航设备有限公司首席技师刘湘宾时，播出了 2019 年国庆阅兵时火箭军方队出场的视频画面。

当时，刘湘宾正带着妻子、女儿、女婿和外孙女守在电视机前观看，看着火箭军方队威武地驶过天安门广场，59 岁的“老刘”泪眼婆娑，一边偷偷地抹着眼泪，一边还不断抬头盯着电视机上的画面。

“你都从不掉眼泪的人，今天又没人惹你，哭什么？”看到刘湘宾那样，妻子袁秀英问道。

实际上，她深知这些画面背后对丈夫刘湘宾意味着什么。而那种故意插话的方式，则是老一辈父母爱情特有的关心方式。

“你看方队前面那是啥，我能不流泪吗？！”刘湘宾答。

再后来，刘湘宾在观看“大国工匠年度人物”发布仪式直播时，看到自己出场抹眼泪的故事，已被同事和朋友们纷纷传开。再见到他时，大家纷纷借此和“老刘”开玩笑，想要逗一逗这个多少年来都是“李云龙式”的硬汉人物。

此后，在一次接受记者采访时，有记者就此提问，刘湘宾解释道：“我干铣工 40 年，在精密超精密加工领域‘磨剑’多年，当火箭军方队出场时，自己做的产品终于亮出，而且导航核心部件的 50% 以上都是我们配套的，我知道我的产品装在哪个地方，那个时刻是最激动的，而且还配着‘大国工匠年度人物’发布仪式播出，眼泪怎么能止得住。”

其实，多少年来，号称厂里“铁人”的刘湘宾，无论

刘湘宾获得“大国工匠年度人物”留影

遇到多大的事，始终没人见他落过一滴眼泪。而令刘湘宾很尴尬的是，上一次他落泪却也是与该发布仪式有关。那是在该节目的录制现场，当刘湘宾高高举起半透明的石英半球谐振子零件，向大家讲述零件背后的故事时，没能忍住，当场落泪。

59岁的“铁人”刘湘宾，为何落泪？

一路走来，这个老铣工经历过的辛酸冷暖，只有他自己知道。

刘湘宾所在的陕西航天时代导航设备有限公司主要从事惯性导航系统关键件的精密加工，包括微米级石英半球谐振子、陀螺仪、加速度计等产品。其技术成果直接应用于载人航天、探月工程、国防装备等国家重大工程，如“神舟”系列飞船、嫦娥探月工程及长征系列运载火箭的导航系统等。

有人曾形象地做过一个比喻：“导航是重大武器设备的眼睛，而导航的核心是惯导，惯导的核心则是陀螺，陀螺可以让导航这个眼睛更清晰、身姿更灵活，实现武器设备的精准打击。”

多年以来，刘湘宾一直是陕西航天时代导航设备有限公司精密加工车间数控组组长，主要承担国家防务装备惯

刘湘宾

性导航系统关键件的精密超精密车铣加工任务，在“微米”级的世界里，挑战着一个又一个不可能。

陶瓷、玻璃材料具有耐高温、膨胀系数低、耐热震性、高化学稳定性等优异性能，在各个行业特别是国防工业航天领域得到广泛应用。但是，该材料也因易崩易裂，零件加工精度高，成为机械加工领域衡量技术水平含金量最大的一块“试金石”。

2015 年，刘湘宾走出国门，以专家的身份去国外验收一台加工复杂曲面的高精度数控机床。企业引进这台设备，是为了突破石英半球谐振子这一“卡脖子”技术。事实上，石英半球谐振子是世界上最先进的精密陀螺仪之一——半球谐振陀螺仪核心的敏感零部件，将既硬又脆的石英玻璃最终加工成薄壁半球壳形，其难度可想而知。

“你不可能干出来，石英玻璃易崩易裂，设计精度要求 3 微米，是国际技术难题，几乎没有人能攻破。”2015 年，刘湘宾验收归来，当得知他要转入石英半球谐振子研究时，有业内的同行直接给他下了“死亡通知书”。

研究设备、查资料、拜访同行、设计绘图、建模、给刀路……那几年，刘湘宾熬夜加班成了常态，一回家便把自己关在房间想，满脑子都是微米级的精度尺寸，熬得眼睛看东西都模糊了。

“石英玻璃，怎么干怎么裂，要么参数不合适，要么刀具不到位，甚至对冷却液都想过进行改进。”那几年，刘湘宾偶尔也有打退堂鼓的时候，“成千上万次的实验，每天都要面对失败，任谁也扛不住呀，但想着背后‘航天人’三个大字，最后，我都把自己硬逼回车间。”

这一期间的某个深夜，刘湘宾在熟睡中被梦惊醒，匆忙地披上衣服，一路小跑到车间，推开门，拿起产品就量，全部量完一遍，人滑倒在地上，烟一根接一根，冒出一身冷汗。原来，他梦到自己白天加工的产品多了 5 微米，以为是真的，量完后才发现尺寸都对。

许多新来的同事都说：“刘大师干精密超精密加工，干魔怔了。”但熟悉他的人都知道，这已经不是刘湘宾第一次这么做了。而在他们车间，半夜爬起来量自己产品的，也不止刘湘宾一个。

“做航天，尤其是做精密仪器的，最后都会自己把自己逼疯，心理防线始终绷得紧紧的。产品要百分之百没问题，因为生产的每一个精密零件都是要上天的，来不得半点虚的。”刘湘宾解释道。

最终，经历了一次次画图、建模、调整刀具、修改编程，整整6年时间，刘湘宾带领团队反复改进，经历了成千上万次的实验，最终成功攻克了石英半球谐振子的加工难题，将公差精度提升至1微米，仅仅是一根头发丝直径的1/70，远远超出了设计要求的3微米，成功打破国外的技术垄断与封锁，首次在行业内实现了球形薄壁石英玻璃的加工需求。这打通了该型号研制的关键瓶颈，为我国航空、船舶、新型防务装备、卫星研制提供了技术支撑和保障。

这个零件就是刘湘宾后来在“大国工匠年度人物”发布仪式录制现场高高举起的产品，它直接使我国成为惯导领域超精密加工的“领跑者”。

常年从事精密超精密加工，在“微米”级的世界里铸剑，让刘湘宾形成了三个特点：无比专注、对错误零容忍以及眼睛眯成一条缝。

由于经常要攻关，刘湘宾时刻会陷入专注思考的状态。在女儿刘青成长的过程中，父亲绝对是一个严父形象，在家里总是不苟言笑，时常会陷入沉思，有时一回家累得倒头就睡。一次在家里吃饭，刘青跟父亲说起了学校的事，可刘湘宾却好像完全没听到，“当时他表情僵硬，拉着脸很凶的样子，也不理我，我就‘哇’的一声大哭起来”。

刘湘宾（右一）获评“三秦楷模”

刘湘宾在装夹工件

后来，刘青才知道父亲是正在专注地思考技术难题。如今，刘青再回忆起父亲严肃的表情时会不时地开个玩笑：“那次吓哭我之后，他回家就会刻意调整一下自己的表情，有时在脸上硬挤出一个微笑，虽然是一个很难看的微笑。”

刚开始进入工作岗位时，刘湘宾跟随了一个极其严厉的师父，对产品的要求非常高。“能干了干，干不成了走”，这句年轻时师父刻在刘湘宾脑子里的话，一直被流传下来。这也导致所有被分到刘湘宾班组的徒弟，从一开始，内心都极为“恐惧”。但同一批新人，那些进入刘湘宾班组的，后来都成了大家公认的进步最快的。

长期的超精密加工，让刘湘宾的眼睛眯成了一条缝，时刻要和加工的产品贴得很近看，甚至再看不清，他就戴上眼镜。过于专注时，他的眼睛还会和额头上那一道道深深的皱纹挤在一块，配上银灰色的头发，刘湘宾有了“老学者”的范儿。

“咱‘老刘’是一个当过兵的人，当年可是浓眉大眼，书没读多少，这没想到老了还戴上了眼镜。”借此，刘湘宾常和别人开玩笑。也就是那一双在专注工作时眯成一条缝，而在平日里炯炯有神的眼睛，才让人将刘湘宾和“大国工匠”“全国技术能手”“陕西省劳动模范”等荣誉紧密地联系在一起。

在“微米”级世界铸剑40载，若干年后，刘湘宾面临退休，在座谈会上，有领导评价刘湘宾：“他一生带领团队承担国家防务装备、载人航天、探月工程等惯性导航系统关键零部件的精密超精密加工任务，产品合格率始终保持100%。”

刘湘宾坚定地挺起了胸膛。而现场，则响起了经久不息的掌声。

第二章 部队大院

1963年，新中国成立后的第14年。

这一年，盛夏时节，伴随着阵阵响亮的婴儿啼哭声，一个白白胖胖的小子出生在北京市海淀区的中国人民解放军总医院（原中国人民解放军第三〇一医院），也称“军委直属机关医院”。

出生时，也许没有人会想到，若干年后，这个白白胖胖的小子能突破国外垄断，最终攻克若干国际难题，在航天制造领域取得如此卓越的成就，以至于荣获“大国工匠年度人物”、全国技术能手、中国质量工匠等称号。

出生不久，父母为这个白胖小子起名为刘湘宾。

刘湘宾出生于一个典型的军人家庭。他的父亲刘林是一名山东大汉，自幼丧母，刚成年不久便跟随共产党的部队参加了革命。

1946 年，解放战争爆发，刘林跟随第三野战军（前身为华东野战军）四处征战，该部队的司令员为陈毅元帅。当时，他参加过著名的淮海战役，与黄百韬兵团、邱清泉兵团等作战，之后一路南下，参加过渡江战役，解放了浙江、上海、南京、福建、安徽等地。

其间，刘林在上海系统地学习了坦克兵相关技术，并在之后的实战中得以实践和迅速提升，成为我国首批受过专业训练的装甲兵。之后，从山东到上海再到北京，随着新中国的成立，刘林得到了迅速的提拔，这也让他深深尝到了学技术、学知识的好处。以至于后来深刻影响到他对子女的教育，改变了刘湘宾及其兄弟姐妹的一生。

1964 年，刘湘宾 1 岁多时，父亲刘林开始担任北京一所装甲兵工程学院教练团训练处的处长，成了一群人里最年轻的团级干部。刘林将部队里的严谨作风，也带到了家里。

刘湘宾生于部队医院，长在部队大院，每天看着穿军装的人、听着军号声长大，这也让他天然地对部队生活充满亲切感，也可以说是有一种“部队情怀”。也就是这种情怀，多年以来一直都深刻地影响着他的生活，甚至让他作出了改变一生的关键选择，既留下了一个终身遗憾，却也造就了他卓越的人生。

部队大院里的生活，略显单调。即使父亲刘林已经是

刘湘宾父母的合影

一个团级干部，母亲是北京一家像章厂的工人，但刘湘宾家的生活依然过得很拮据，他穿的衣服几乎都是哥哥、姐姐穿过的，补一补接着穿。这似乎是那个年代孩子们的常态，而这种节俭、朴素的习惯，也影响了他的一生。

刘湘宾家里有兄弟姐妹四个，刘湘宾最小，排行老四，用他自己的话来说，“作为家里的老四，当年差点被‘计划’掉”，而这也是他们那一代人挥之不去的记忆。

作为家里最小的孩子，刘湘宾自然得到了父母最多的爱。但由于这种特别的疼爱，刘湘宾也成了家里挨打最多的孩子。

小时候的刘湘宾生得白白胖胖，在部队大院里的外号是“小地主”。而大院里的生活，在多年后热播的电视剧《血色浪漫》里，刘湘宾看到了自己幼年和童年的影子。

同电视剧《血色浪漫》的主角钟跃民一样，儿童时期的刘湘宾，在他们同龄的一群小孩子中，就表现出了极强的领导能力。“大院的孩子们通常分成几拨儿，而由于我平时的想法比较多，很快就成了我们那一波的‘孩子头’，带着大家和其他几波孩子‘比拼’。”刘湘宾回忆道。

刘湘宾玩性大，从小身上便显示出了“小机灵鬼”“调皮蛋”的特质，这也让他经常闯祸。由于父母极其重视教育和学习，坚信“好成绩是逼出来的”，因此，只要刘湘宾哪一次考试分数低于 90 分，他回家后就得乖乖地趴在床上，被母亲王金梅用笤帚在他屁股上至少抽十下。父亲刘林是极其严肃且不苟言笑的，他一般也不会亲自动手。

这种严厉的家教，加上父母时常苦口婆心地灌输看书、学习的好处，刘湘宾兄妹四人的学习成绩在班里总是名列前茅。除贪玩外，刘湘宾也从小养成了爱读书、好学习的习惯。

部队大院的生活，每天必有“三号”，即起床号、中午吃饭号和晚上熄灯号，偶尔还会有紧急集合号。当包括刘湘宾在内的所有人都以为日子会在“三号”声中日复一日地度过时，一阵“紧急集合号”打破了原有的平静。

20 世纪 60 年代，中苏关系不断恶化。一度中苏关系降至冰点，苏军在中苏边境线上部署重兵，我国“三北地区（东北、华北、西北）”军事压力骤增。

之后，为做好打仗的准备，中央军委调整国防战略，组建了一批坦克师，以充实我军地面突击力量。

随着父亲刘林的调令，刘湘宾全家迁往酒泉，从首都北京来到西北风沙漫天的戈壁滩上。他的母亲也开始在军队里做协助工作，刘湘宾则开始在酒泉市南关小学上学。

9岁的刘湘宾，正是懵懂的年龄。刚开始他还对新生活充满期待，但到了后才发现，环境变得更加艰苦，而且日子与之前北京部队大院的生活没什么区别，依旧单调，似乎只是从一个部队大院来到了另一个新的部队大院。

在酒泉，一个大院里有上万人，生活区和训练区则分布在不同区域里，每天依旧是在“三号”声中，起床、吃午饭和熄灯睡觉。

但那几年，刘湘宾明显感觉到，紧急集合号声似乎变多了。大院里3个团的孩子们聚在一块玩耍时，总喜欢比谁的父母职位更高。还有一大乐趣，就是这些孩子可以经常在没人时，偷偷地跑去靶场捡子弹壳。这让刘湘宾比别人更早地接触到了一些枪械类的东西，在懵懵懂懂的孩童时代对军工有了一些模糊的印象和概念。

而大院里孩子们之间攀比说的话，如“我爸管你爸，你爸没我爸官大”之类的话，直到成年后，刘湘宾仍记忆深刻。但是，在后来多次面对能走上领导岗位的机会时，反而更坚定地选择继续扎根生产一线，钻研技术。

“多年前曾看过的一句话，‘一心向着自己目标前进的人，整个世界都会给他让路'，一头扎进技术，几十年如一日地在精密铣加工领域深耕，成了我人生最宝贵的经验和财富。”在一次演讲中，刘湘宾最后总结道。

第二章 秦岭深处

2024 年 12 月，陕西省确定了第一批 22 处省级工业遗址，中国航天科工集团第九研究院 7107 厂黄牛铺三线旧址名列其中。

如今，7107 厂不少老职工回忆起黄牛铺的生活，都会不由自主地想起三线建设那句最经典的口号：备战备荒为人民，好人好马上三线。

三线建设发生在 20 世纪 60 年代初，即中苏关系持续恶化以及美国在我国东南沿海的攻势下，我国为增强国防实力，改善生产力布局以及中西部地区工业化，在我国经济史上进行的一次极大规模的工业迁移过程，主要迁往西南、西北的深山峡谷、大漠荒野中，以经济落后地区为主。

其中，三线建设包括“大三线”和“小三线”建设。“大三线”建设是我国国家战略后方基地的建设，是三线建设的主要部分，建设内容是建立以国防工业和基础工业为主体，包括交通运输、邮电通信、燃料动力和农业、轻工业在内的国家战略后方基地。

1964 年，我国在三线建设时期布局筹建了航天九院 7107 厂，并最终选址在陕西省宝鸡市凤县黄牛铺镇三岔河乡，研究生产惯测组合、惯性仪表、导航控制、微特电机等。当时为了保密，工厂对外称“灯塔电机厂”，7107 厂就在这样的条件下诞生了。

另一边，1975 年 6 月 24 日至 7 月 15 日，中央军委在北京召开了具有历史意义的军委扩大会议，确定在 3 年内，军队总员额减少 60 万人。也就是在这样的大背景下，1976 年，刘林从坦克 12 师转业，被分配到宝鸡凤县的航天九院 7107 厂。

那时候，刘湘宾的大哥刘辛店正在部队当兵，二哥刘卫国和姐姐刘辛迎都已经在甘肃酒泉工作。正在酒泉育红学校上初一的刘湘宾，则跟着父亲、母亲，再次踏上举家搬迁之路，去往陕西秦岭深处的凤县黄牛铺镇三岔河乡，支援三线建设。

回首三线建设时期7107厂的生活，《中国航天报》有一篇文章写道：“当我们站在半个世纪后的今天，回首当年的‘7107’时，它是一个历史名词，叫‘三线建设’；是一种民族精神，叫‘无私奉献’；是一段共和国记忆，叫‘备战备荒’；更是几代人的青春，叫‘国家需要’。”

7107厂黄牛铺三线旧址作为国家原第一惯性器件厂三线建设期间的工业基地，作为首批筹建的三线企业，它承担了国家重点型号产品惯性器件的研制生产任务。

黄牛铺三线旧址重点区域包括生产工业区、生活福利区和战略防空洞三大区域。“旧址集中体现了老一辈航天人‘不在山沟吃闲饭，要为航天作贡献’的奉献精神，是航天三线精神的真实见证。”刘湘宾说。

从北京的部队大院，到甘肃酒泉的戈壁滩，再到陕西秦岭深处，刘湘宾的命运也在一次次举家“迁徙”中发生着改变。而在不同的环境中生活，尤其是艰苦的环境中，反而更加磨炼了刘湘宾的坚强意志，增强了他的身体素质。

三岔河乡，从名字便不难看出，那里有山、有沟、有河。当时，有五大厂区分布在三岔河乡不同的山沟里，7107 厂独占着一条沟，而每个厂区又几乎都是一个独立的小社会，里面有车间、学校、医院、托儿所、商店、公共浴室等。

刘林转业到 7107 厂后，按级别属于厂里的中层干部，因此，刘湘宾一家在基本生活上有了保障。但秦岭深处的日子过得比之前艰苦得多，加上是新建的厂区，常会遇到缺衣少食的情况。

“那里山大沟深，又缺少公路，只是新开辟了一条生产生活路，随着越来越多的援建者来到山沟里，吃和住的问题日益凸显。”刘湘宾说。

平时，刘湘宾家最常吃的是粗粮和黑面馒头，而一到冬季大雪封山，十天半个月走不出秦岭，家属区的生活必需品供应也会中断。新鲜蔬菜没法运过去，刘湘宾他们只好吃咸菜、煮黄豆，虽然偶尔能吃到肉，但都是一些冻肉，冬天主要的食物仍是土豆、萝卜和白菜。

当时职工中流传着一句顺口溜：冬天吃土豆，夏天吃葱头，中间夹着个窝窝头。

本就从小穿着哥哥、姐姐的旧衣服长大，在秦岭深处的7107厂，面对有限供给制的生活，刘湘宾之前养成的节俭、朴素等习惯，让他选择将更多的时间和精力用在读书学习上。

在酒泉育红中学时初一还没上完，刘湘宾便跟着父母来到了凤县的7107厂，他自然而然地转入7107厂灯塔子弟学校，开始在初二学习。

作为厂区子弟学校，灯塔子弟学校包括小学和初中。也就是在这个学校，刘湘宾认识了后来相伴他一生的妻子——袁秀芳。

那时候上学，除了要在学校学习，还要学工、学农、学军等。“学工”是学生每学期有一周多，要进入工厂，跟着厂里的师傅学技术。因为在那个年代，厂里子弟大多会在毕业后再回到7107厂工作，成为一名技术工人。

“学工”的过程中，则是刘湘宾第一次接触到机械加工，一瞬间便有一种奇妙的感觉涌上心头。“我现在还能记得那种感受，反正就是一种异于常人的感觉，机床转起来，切各种材料感觉像切豆腐一样，能切出各种形状，感觉非常奇妙。”刘湘宾回味着。

这种异于常人的感觉，似乎也预示着刘湘宾后半生都将与机械加工打交道。至今，他都不知道当时的那种感受，是不是一种叫“天赋”的东西在觉醒。

而除了对机械加工有不一样的感受，刘湘宾在运动方面的天赋也在初中便早早地显露出来。那时候学校组织运动会，100 米、400 米和 800 米跑步比赛中，刘湘宾常是第一名。以至于他后来回忆时总会开玩笑地说：“如果当时父母在体育方面好好培养我，我或许能成为一名体育健将，为国争光，总觉得我被机械加工耽误了。”

上学期间，袁秀芳从没想到自己有一天会嫁给刘湘宾，当时班里的男生和女生很少说话，玩也是分开玩。至今再回忆起来，她对刘湘宾所有的印象都停留在“那个男生体育很好，跑得快”。

那个年代，“体育好、跑得快”让刘湘宾深刻体验到了荣誉带给他的快感，尤其是在运动会登上领奖台的时候。所以，刘湘宾总会自豪地回忆：“我当年在学校是很受欢迎的，也算是小有名气。”

体育带给刘湘宾的高光时刻不止这一个。1978 年 8 月，刘湘宾代表学校青少年运动员，参加宝鸡市组织的青少年射击项目比赛，荣获小口径自动步枪全市第二名。之后，刘湘宾再次代表宝鸡市参加全省的射击比赛，虽然最终没有拿到名次，但得到了当时陕西省射击队教练的青睐，热情地向他抛出了橄榄枝。

而当时那种射击天赋则与刘湘宾从小在部队大院长大有关，让他比别的学生更早接触到枪械这些东西，也冥冥之中注定了他在之后当兵入伍，进入部队能有极其出色的

刘湘宾初中时参加田径运动会的照片

表现。

“小伙子，跟你父母说，转到西安来上学，还能在省射击队训练。”赛后，省射击队教练对刘湘宾说。

刘湘宾做不了主，回到家里，他便把教练的话告诉父母，却直接遭到了父母的严词拒绝。“一方面，因为家在深山里，去西安上学很难实现；另一方面，父母一直对我学习要求很严，一直逼着我们兄妹几个努力学习，他们不想因为射击耽误了学习。”刘湘宾解释道。

当时，大多数父母都不重视孩子的教育，刘湘宾的父亲刘林则由于学习过坦克兵相关技术，受用一生，命运也随之改变，便深深认识到学习的重要性。刘湘宾的母亲王金梅则是因为缺少文化知识，感受到了“差别”，内心迫切地希望孩子们能好好读书上学，将来有出息。

从北京到甘肃酒泉再到凤县三岔河乡，无论路途多么遥远，前方未知的生活会怎样，刘林都会带着很多书。而且，他们夫妇也鼓励刘湘宾买书来读，对于一些经典内容，王金梅则要求刘湘宾能够通篇背诵。

因此，上学期间，在刘湘宾军绿色的挎包里，除了课本，总是装着各种经典名著。《纪念白求恩》《纪念张思德》《愚公移山》《我爱北京天安门》等经典范文，至今刘湘宾仍能背诵出一些片段。

1980 年，刘湘宾开始读高二。那时候，厂区实行九年义务教育，包括小学、初中和高中，其中小学 5 年，初中和高中各 2 年。这也就意味着刘湘宾即将参加高考，顺利的话，他将成为老刘家的第一个大学生。

刘湘宾的两位哥哥和一个姐姐都由于各种原因，最终没能参加高考，全家人都将希望寄托在这个机灵的弟弟身上。

然而，一场看似简单的对话，让刘湘宾命运的齿轮彻底脱离了预定轨道。

第四章 军旅生活

"同学，你叫什么？"

"我叫刘湘宾。"

"你想当兵吗？"

"想。"

……

1980 年 10 月，就这样短短的一段对话，青年刘湘宾随口做出的回答，让他的人生轨迹发生了 180 度的转变。

那一年，刘湘宾 17 岁，正在学校的操场和同学玩。休息时，几个穿着军装的人朝他走来，带头的人上下打量他后，开始问他想不想当兵。

后来，听别人说，刘湘宾才知道，那时正值部队秋季征兵，来的几个人是接新兵的，与他对话的则是接兵的领导。可能是因为当时领导在操场上看他很机灵，而且身体素质各方面条件都不错，便来问他。

而那改变他人生的关键对话，刘湘宾后来则称为“部队情结”。因为父亲是军人，参加过解放战争，他自己从

刘湘宾军装照

小在部队大院听着军号声长大，两位哥哥后来也都当了兵，进入部队锻炼，这些都促成了他对于军旅生活特殊的情感。

然而，在当时的7107厂，职工们对于子女当兵并不是很支持。“因为厂里子弟不存在就业问题，即使考不上大学，也能上技校，之后回到厂里当工人，一辈子不愁吃穿。当兵却需要花费几年时间，复员后如何就业，都是未知的。”刘湘宾解释道。

“刘处长，您儿子要当兵了。”那次操场对话半个多月后，凤县武装部相关负责人找到了刘林，一边对他说，一边将一张入伍通知书递到刘林手里。

瞬间，刘林蒙了，十多秒后他才缓过神来，不可思议地说：“你别瞎说，哪有这回事。”

然而，入伍通知书上赫然写着“刘湘宾”三个大字。

回到家里，刘林忙问刘湘宾怎么回事，母亲也急忙凑过来。细想了一番后，刘湘宾便将操场上发生的事告诉了父亲，当时随口说的几句话，他自己也没当回事。

“你想当兵和我说呀，而且就算当兵，你也不能当这类兵，而应该去当技术兵。”技术兵出身的刘林仍对“技术”有着很深的依赖和信任，他希望儿子能认真地学习技术，未来有一个好的前途。

那时候，部队规定入伍当兵需要年满 18 岁，刘湘宾刚满 17 岁，而且没有经过政审和体检等程序。后来，刘湘宾被告知属于特招入伍，部队接兵负责人看上了这个机灵、矫健的小伙子。

由于之前并不知晓儿子要去当兵这件事，而且父母本身也不支持刘湘宾当兵，同时，去当兵也意味着正在读高二的刘湘宾，要提前中止学业，没法参加 6 月的高考。但入伍通知书已经寄到刘湘宾家里了，如果不去当兵，就意味着拒服兵役。

1980 年 11 月 25 日，父母来送别，刘湘宾坐上了从宝鸡凤县出发的军用列车，在火车站，父母和他的内心都是五味杂陈。闷罐车厢里，伸手不见五指，刘湘宾和一众新兵往背包上一坐，车便往东南方向驶去，最终进入四川成都军区。

刘湘宾被分到了第 13 军 38 师 114 团 2 营重机枪连，7 个人配备一挺重机枪，组成一个班。

后来，刘湘宾才知道，第 38 师有着极其光荣的历史。其前身是中野 4 纵 13 旅，有红军的“血统”，在解放战争时期，参加过多次重要的战役、战斗。其作为甲种师，在

1979 年 2 月，还参加了对越自卫还击作战，挺进敌境纵深 20 余公里，歼敌 1500 余人。

因为天生不服输、争强好胜的性格，进入部队后，刘湘宾很快便崭露头角，开始“亮剑”。

由于之前参加过射击训练，而且拿到过市射击比赛第二名的好成绩，所以在新兵打靶训练中，刘湘宾打出了满

刘湘宾父亲去部队看望儿子时的合影

环成绩。5发子弹50环，让大家记住了这个刚满18岁，有些瘦小却很机灵的新兵。而其他训练科目，刘湘宾在部队大院基本也都接触过，这让他比别的新兵更快掌握。

3个多月后，刘湘宾被选拔到师教导队，学习班组管理以及陆军的所有科目。教导队主要培训优秀班长，而一般新兵入伍2年后，表现优异才有机会被选拔到教导队学习，刘湘宾却只用了3个月。

“那个年代，新兵整体的文化水平低一些，基本上是小学、初中文化，有一些甚至不识字，也不会写字，我也是得益于上学上到高二，相对知识掌握得多一些。”刘湘宾说。

部队里的生活极为规律，哨声中，刘湘宾开始了日复一日的训练。即使从小在部队大院里长大，刘湘宾依然深刻感受到了部队训练的严苛和辛苦，汗水一遍又一遍浸湿了他的军装，双手、膝盖被磕破更是常有的事。

然而，刘湘宾后来回忆，军旅生涯的那几年，是他人生最宝贵的几年时光，“果然应了那句，当兵后悔一阵子，不当兵后悔一辈子”。教导队的班组管理经验，则被刘湘宾在日后用到工作中的班组管理，打造了一个又一个“金牌班组”。

“耐得住寂寞、吃得了苦、顽强的精神意志”，在刘湘宾日后的攻坚克难中，成了最宝贵的精神品质和不竭的力量源泉。

一次救灾经历，是刘湘宾该精神品质最生动的体现。

1981年7月9日至14日，长江上游四川盆地广大地区发生了历史上罕见的连续6天的暴雨，洪水波及14个地、市，119个县（市、区），城乡受灾人口1584万人，淹没房屋223.7万间。

刘湘宾所在的部队接到了紧急救灾任务——转运粮食，他便跟随部队紧急去往潼南双江粮库，进行物资转运。而刘湘宾去了才知道，搬运的谷物都被装进了大麻袋，每袋180多斤，要从低处爬一个40多米的慢坡，搬运到高处去。

而那时候，刘湘宾刚满18岁，看着别人扛起麻袋往上走，不服输的他也学着往上扛。然而，本就瘦弱的他硬撑着将麻袋扛到肩上时，双腿便开始颤抖。

只见刘湘宾咬着牙，豆大的汗珠顺着脸颊往下落，每走一步都颤颤巍巍，似乎要和麻袋一起倒下，他却坚持着往上扛。1袋、2袋、3袋……搬了10多袋后，刘湘宾感到天旋地转，他的体力和耐力都到了极限。

“你别扛了，你找个人一块往别人肩上寄。”看到这个新兵的状态，中队长冲刘湘宾大声喊道。

当时的刘湘宾，心里只有一个信念：“平时，可以说自己扛不动，但穿上了那身军装，就决不能后退，而且保护的是老百姓吃的粮食。”骨子里的倔劲、韧劲以及善意，让刘湘宾不断地咬牙坚持，那一刻，“亮剑”精神在他身上体现得淋漓尽致。

而那次转运粮食的经历，让很多人都被这个小兵顽强

1982年，刘湘宾在部队时的照片

的意志所折服。

在教导队学习的第一年，刘湘宾的各项训练科目成绩在教导队一中队都排名第一，凭借优秀的实操成绩和良好的军事素养，他获得部队优秀学员嘉奖。1982 年，他回到了第 114 团，直接成为副班长，并且荣获当年的“优秀士兵”等荣誉。

后来，部队精简编制，一大半同年入伍的新兵，在入伍两年后就复员离开了。部队却不愿让刘湘宾复员，他便留了下来。而且在第三年，经过考核，他顺利地升任班长。

“我志愿加入中国共产党，拥护党的纲领，遵守党的章程……随时准备为党和人民牺牲一切，永不叛党。”1983 年 10 月，刘湘宾终于加入中国共产党，如今再想起来，入党宣誓时的场景依旧历历在目。而这些誓词，也成为刘湘宾用余生去努力践行的信仰和使命。

当兵经历影响着刘湘宾的一生，直到退休，他所表现出的很多精神品质和行为都与这段当兵的经历有关联。

“师父身上处处都是军人的影子，20 多年带班组也都是部队的管理风格，既严厉又较真；脾气火暴，但永远对事不对人，过了就忘；性格直爽、率真；对人对事，不抛

刘湘宾（一排左三）走进武警支队

弃不放弃。”刘湘宾的徒弟毛国刚说。

1983 年末，刘湘宾当兵 3 年，服役期将满，他舍不得部队，部队也不愿意让他离开，希望他能继续留在部队深造。

然而，父亲打来电话，让刘湘宾“趁着年轻，赶快回来学门技术”。

再次坐上列车，却是归家的方向，刘湘宾回到了三岔河乡，回到了 7107 厂，他要开始学技术了。

第五章 拜师学艺

1983 年 11 月，刘湘宾带着对部队和战友的不舍，复员回到了宝鸡凤县。他被分配到了 7107 厂，师从当时厂里的“技术大咖”张大山。正式与师父见面后，张大山一脸严肃地问这个年轻人：“小刘，你都会些什么？”

“师父，我刚从部队复员回来，什么都还不会。”刘湘宾如实地回答。说话时，他紧张地将头埋得很低。

当时，新进入 7107 厂的年轻人，大多是从专业的技术院校毕业，学了 2 年相关的技能知识，并且拥有一定的实践经历。而刘湘宾则是刚从部队服役 3 年回来，对于厂里工作需要的技能一窍不通。

“刚进厂，什么是铣床、钻头、铣刀等，我对这些机械设备一无所知，理论知识更是空白，看着机床摆在面前，完全不知道从何下手。”刘湘宾回忆道。

张大山是 7107 厂的名人，作为厂里铣工班组长，他是新中国成立后我国派往苏联学习的第一批技能工人，专业知识、技能水平都非常高，几乎每一年都是厂里的“先进个人”。“张师傅的水平相当于现在的‘大国工匠’，直到现在我都觉得达不到师父当时的水平。”刘湘宾说。

在了解到刘湘宾的实际情况后，张大山又说：“那我来考考你数学知识，你把勾股定理给我说一遍，再把三角函数的六个关系式给我说一遍。”

张大山刚问完，刘湘宾埋着的头便抬了起来，“在直角三角形中，两直角边的平方和等于斜边的平方，正弦 $\sin\alpha=$ 对边 / 斜边，余弦 $\cos\alpha=$ 邻边 / 斜边……”只见他一口气背完了勾股定律和六个关系式。

背完后，刘湘宾本以为会迎来师父的一番表扬，而张大山却没有任何态度，连点头肯定都没有。“我再给你出一套几何题，10 分钟内解出来。”说完，张大山便在一张白纸上开始出题。

刘湘宾的内心则又开始忐忑起来，他已经好几年没有刻意学习过书上的几何知识了。而就在拿到那套题的瞬间，刘湘宾却轻松了很多。“我一看，那都是三角几何的初中知识，在部队或多或少也接触过，而之前我在初中、高中学习都很好，便很快把那些题解了出来。”

最终，张大山同意收刘湘宾为徒，他也成了刘湘宾一生唯一的师父。刘湘宾则正式开启了自己与航天军工40年的不解情缘。

“严厉、认真，专业过硬、技艺精湛……”则成了张大山当时留给刘湘宾的印象。

那时厂里的老师傅们对领导干部的子女印象非常不好，当时张大山想着：“如果刘湘宾一点数学基础都没有，就根本没法带，完全可以婉言拒绝。”

“其实铣工是一个复合型的工种，尤其是数控铣工，对个人空间思维、立体感和计算能力的要求非常高，很多空间尺寸需要用几何方法去计算。那时候，厂里的老师傅们都非常牛，他们不愿意带哪个徒弟，谁也没办法。”刘湘宾说，“师父后来才告诉我，当时觉得我挺机灵，而且有一定的基础，一般的徒弟他都不愿意带，只有师父看上徒弟，才愿意真正地教一些绝技绝活。”

刘湘宾进车间学技术，是父亲从中干预的结果，“我父亲刘林当了一辈子干部，托过三次关系，这是第一次。”刘湘宾说。

原来，从部队转业回来的刘湘宾，按照调令，是要被分配到7107厂机关工作的，即从事保卫处干事一职。然而，作为运输处处长的刘林却找到了企业劳资处，要求把

刘湘宾复员回来，在秦岭大山厂里的照片

儿子分配到车间当工人。“车间工作相对比较辛苦，厂里老职工一般都希望子女在机关工作，你怎么反而让孩子去车间。”劳资处负责人十分不解。

最终，在父亲的干预下，刘湘宾被分配到了车间。

关于刘湘宾回到厂里的去处，刘林略显强势地帮儿子作出了规划。因此直到今天，刘湘宾一直觉得父亲当年是

刘湘宾获得厂级先进光荣榜上的照片

沾了学技术的光，以至于对技术一直非常迷恋。

当时，就刘湘宾的工作问题，他的父母少见地产生了巨大的分歧。“孩子都已经分到保卫处了，干事也是干部，机关相对还轻松些。孩子已经吃了 3 年苦了，你又让他去厂里。”母亲王金梅心疼儿子，不断地劝丈夫刘林。

“他有技术在手，心里不发慌，即使有一天厂里效益不行了，他到哪里都能生存。”刘林说。面对妻子的意见，他完全不为所动。

时至今日，刘湘宾回忆起来，还是常感叹道：“果然姜还是老的辣，没有父亲当时的抉择和坚持，也就没有我的今天。”

1984 年初，刘湘宾正式进入 7107 厂机械加工车间，成为一名航天军工领域的铣工，主要从事战略防务装备机械加工。

从正式进入车间的那天起，刘湘宾便暗下决心：“我在部队已经吃过很多苦，受了很多累，回到厂里一定不能辜负父母的期望和要求，要通过自己的努力干出个样，有一天也成为铣工领域的顶尖人才，像师父一样。”

真正工作后，刘湘宾才发现自己虽然拜师成功，但他却一点基础也没有，身边的新人都是正规技校毕业，而他一个复转兵什么也不会。

刘湘宾开始奋力追赶。

刘湘宾白天跟着师父在车间跑前跑后，学习实操技能；晚上下班后，则熬夜自学技校规定的13门课程。也就是从入厂的第一天起，刘湘宾复员回来的军挎包里，一直装着一摞厚厚的教材，他要开始从头学起。

“在技校上学，1个老师要教30多个学生，而我是1个徒弟对应车间多个老师，晚上看书遇到不会的，纷纷记录下来，找车间里各个师傅虚心请教。”刘湘宾觉得自己很幸运，有很多车间的老师教，而且第二天再去实践，实现了理论与实操的完美结合。

当时，大多数上了年纪的师傅都还比较保守，“教会徒弟，饿死师傅”的观念仍在大家脑海中挥之不去，但看到刘湘宾如此勤奋好学，又很虚心，师傅们都打破常规，乐于帮助这个年轻人解决技术难题和补习知识盲区。

进厂的第一年，是刘湘宾最辛苦的一年，但他始终活力十足。为了快速且扎实地学完技校所有课程，迅速跟上大家的步伐，刘湘宾每晚基本只睡不到4个小时，他一直在如饥似渴地学习着机械加工领域相关的基础知识。

最终，经过一年多时间，刘湘宾学完了技校规定的所有课程，在参加 7107 厂的“双补考试”中，他的 13 门课程均获全优。原本在技校要学 2 年的课程，刘湘宾一年多时间便扎实、系统地学了一遍。

“当过兵的人都比较有主见，那时我满脑子都是不靠父母，要靠自己实现目标；另外，我对机械加工这个专业确实热爱，学起来也就充满了动力，永远不觉得累；当然，

刘湘宾获得厂级先进光荣榜上的照片

没参加过高考成了我的终身遗憾，也想着借此机会补回来，证明自己。”刘湘宾解释道。

每天晚上无论学习到多晚，第二天早晨，刘湘宾总是第一个到岗，先打开机床给机器预热，再打扫车间工位的卫生，等师父到时，一杯热茶便递到了师父手里。看到勤奋好学又很有灵性的刘湘宾，师父张大山也很喜欢。

刘湘宾获得厂级先进光荣榜上的照片

于他而言，那是段激情燃烧的岁月。

而刘湘宾身上这股“要么不做，要做就做到最好”的韧劲，源于他 3 年军旅生涯对自己的塑造。当时部队管理严格，训练强度大、节奏快，但刘湘宾无论多累都会咬牙坚持，拼尽全力，这也磨炼了他的意志，塑造了他的品格。“我当了 3 年兵，确实够用一辈子，回头看，每一次进步和成长，都离不开当初在部队的历练。”如今，刘湘宾总结说。

“小刘，晚上下班你留着，先别走。”一天，师父张大山对刘湘宾说。

后来，刘湘宾才知道，师父在等其他人下班走后，要单独教他绝技绝活儿。而这也成了刘湘宾日后的常态，师父愿意教，徒弟愿意学。在师父的教学过程中，刘湘宾则细心地留意着每个细节，他把看不懂的地方全做上记号，刀具的输入方法、程序的执行、刀库排刀方法等，每次的笔记都图文并茂，像一本产品使用说明书。

从始至终，刘湘宾都没有放下对专业知识的学习，这也成了他受益终身的法宝。“我最深刻的感受，想要在专业领域深耕，专业知识尤其重要，爱学习、爱看书让我对自己从事的职业始终充满底气。”如今，即便已经退休，刘湘宾几乎每天晚上都还是在看书中进入梦乡。

入厂后的2年学徒期间，刘湘宾作为铣工，主要是运用铣刀、铣床等设备，加工惯性导航系统关键件，包括微米级石英半球谐振子、陀螺仪、加速度计等产品。这也让刘湘宾内心感到格外自豪，他觉得职业充满了意义和价值。

“小刘，机械加工这行，讲究的是一个‘精’字，差之毫厘，谬以千里，从今天起，你要把每一个零件都当成一件艺术品来对待。”如今，再想起师父当年的叮嘱，刘湘宾感慨万千。

“我很庆幸，自己当年跟了一个好师父。”刘湘宾说。

第六章 关键抉择

进入 7107 厂当学徒工的第一年，刘湘宾补习了技校的 13 门课程，并且理论知识学得非常扎实。之后两年，他继续坚持深化对理论和实操知识的学习，并且虚心向师傅们请教。到了后期，他对于相关操作已经非常熟练，并且具备了独立操作机床的能力。

按照当时的“八级工制度”，入厂两年后，刘湘宾从一级工升为二级工，已经满足出师的条件，可以独立给自己挣工分，对应的就是更多的工资。

但那时，刘湘宾却做出了一个所有人都意想不到的决定。

有一天，在休息时间，刘湘宾找到了车间主任，说：“我想申请当延期学徒，继续跟着师父学习。”

“小刘，你可要想好了，虽然你已经是二级工了，但延期学徒工挣的所有工分都归师父，也就是继续帮着师父挣钱。”车间主任告诉他，并希望刘湘宾再好好地考虑考虑。

“没事，我的知识和操作水平还不够，还想继续跟着师父学习，不急着挣钱。”刘湘宾坚定地说。其实，来之前，他已经认真考虑过这个重大决定，以及将会带来什么后果。

最终，经车间研究，同意了刘湘宾的请求。

“当时我就想，只要能把知识学到肚子里，以后还怕挣不到钱。”回忆这个决定，刘湘宾说，当时他最清楚自己到底想要什么。

从车间主任办公室出来，刘湘宾很快便找来《铣工工艺学》《电工基础知识》《热处理工艺》《机械制图》等书籍，继续拼命地学习。

之后的一年多时间，刘湘宾则一边继续跟着师父张大山学习实操知识，一边请教一些更专业的技能和深层次的理论知识。

张大山也终于知道这个徒弟有多么想学技术，“小刘未来一定了不起”，张大山告诉别人。在厂里，他也愿意倾其所有地教刘湘宾。

1984 年，刘湘宾操作瑞士产的万能工具铣

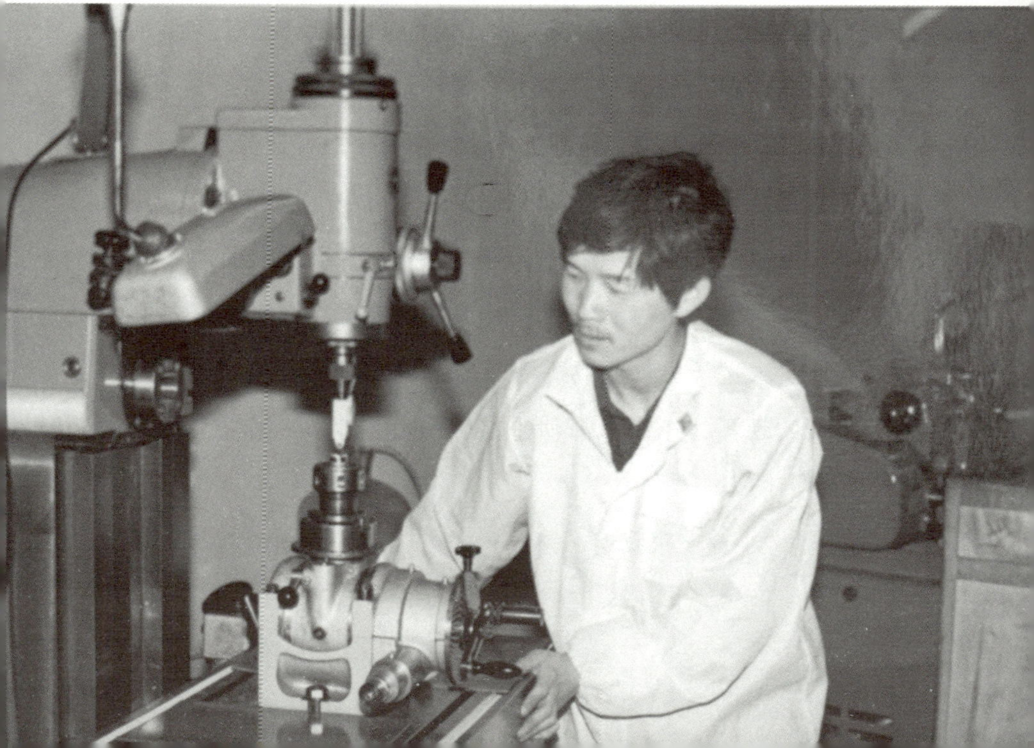

那一年多时间，是刘湘宾跨越式成长的一年，他感觉积累了很多以前没有的知识和经验，厂里最先进的设备，他也能跟着师父上手操作。

时间飞逝，转眼5年时间过去了，27岁的刘湘宾已经成长为车间绝对的骨干人才，几乎所有用到的核心零部件，都是经由他们师徒二人之手加工出来的。

然而，当时，“造导弹的不如卖茶叶蛋的”顺口溜一直在车间流传，“下海”赚钱的风潮开始在全国涌动，一批又一批敢闯敢干的人开始四处寻找机会。

自改革开放以来，我国经济处于一个快速发展阶段，急需大量劳动力和创新人才。尤其是广州、深圳等地，作为当时经济发展最具活力的城市，各种高楼纷纷拔地而起，众多新兴的企业和工厂落地生产，对普通劳动力，尤其是高技能人才的需求极其旺盛，不仅提供了丰富的就业岗位，还包括诱人的薪资待遇和完善的个人发展通道。

“下海”成了大量高技能人才实现自我价值的新选择，不少人选择去创业或跳槽，“孔雀东南飞”开始成为一种新的现象，东南沿海似乎在呼唤着一个又一个有“发财梦”的人。

“小刘，跟我走，挣钱去。”一天，张大山私下对刘湘宾说。

“去哪儿挣钱？”刘湘宾一脸疑惑。

“去深圳，我都问好了，那里一个月能赚 2000 多元，厂里一个月才不到 200 元，直接翻 10 倍。”

……

聊完后，刘湘宾陷入了沉思，他心动了，对于一个 20 多岁的年轻人来说，高工资确实足够诱惑人。然而，面对他所热爱的航天事业，自始至终，刘湘宾都感觉内心有一个声音一直在呼唤他：留在航天，为国“铸剑”。

“小宾，你绝对不能走，为了航天事业，更为了你的家庭。现在你在 7107 厂已经小有名气了，未来的路还长。”等刘湘宾把师父喊他一块儿去深圳的事告诉父亲后，刘林开始劝阻刘湘宾。

最终，张大山离开了 7107 厂，去往深圳，刘湘宾则放弃可能的高工资和广阔天地，选择继续留在厂里。

如今，刘湘宾再回忆道：“当初如果我选择和师父一块儿去深圳，可能会成为一个大家眼里的有钱人，但会失去更多，更不会有今天的成绩。”

当然，在刘湘宾进入车间到师父张大山去深圳期间，发生了许多大事。1986 年 8 月 1 日，刘湘宾和妻子袁秀芳在三岔河的山沟里结婚了。结婚后，袁秀芳去北京继续深造，学习护理学，刘湘宾则继续留在厂里。1989 年，他们有了自己的孩子，取名为刘青，而对于家庭和孩子的顾虑，也成了留住刘湘宾没去深圳的原因之一。

同时，由于频发的特大洪水和泥石流等原因，1992 年，7107 厂则从三岔河沟全部搬迁到了宝鸡市区周边，开始重新建厂，进行生产。刘湘宾全家也跟着搬到了宝鸡市区生活。

……

若干年后，刘湘宾再听到师父的消息，却是一个噩耗：由于突发脑出血，师父张大山永远地倒在了车间的生产线上，把生命留在了深圳。

再后来，刘湘宾也听说师父张大山在深圳最小的一个徒弟，从企业工人到创业开公司当老板，如今每年营收上亿元。

这一切既让刘湘宾感慨万千，但一切似乎又都随着一阵风吹散了。无论听到什么，看到什么，刘湘宾都一直坚持俯下身，埋着头，沉下心来在车间默默无闻地工作着，因为他从不羡慕任何人。

随着张大山的离开，一种不安的情绪开始在车间蔓

1986年，刘湘宾结婚不久后与妻子的合影

结婚不久，刘湘宾在新家与妻子的合影

延，大家议论纷纷，“车间的‘梁柱子’倒了，活儿该怎么干呀？”为此，有一天，车间主任找到了这些铣工，问：“你们的师父走了，你们这帮小的能不能把生产的担子挑起来？”

问完，现场沉默了，没有人说话。随后，车间主任看向站在一旁的刘湘宾，这个一直跟着张大山的年轻人，刚荣获过 7107 厂“先进个人”。

“没问题，这些我和师父都干过，一定能拿下任务。”刘湘宾大声说。初生牛犊不怕虎，从不服输的他是给别人更是给自己打气。

事实上，作为张大山的大徒弟，加工惯性平台四大件的最后一道工序，确实也只有刘湘宾和师父干过。

1990 年左右，刘湘宾开始带头挑起了车间铣工组生产的重任。之后，他工作比任何人都拼，都更能吃苦。随着师父的离开，刘湘宾站了出来，在 7107 厂，刘湘宾开始崭露头角。

等到 1997 年，7107 厂各种型号的任务越来越繁多，从年初干到年末，刘湘宾带着铣工组几乎没休息过。“一些紧急型号任务一到车间，我不脱衣服睡觉、不回家、不洗澡便成了常事，论吃苦精神，7107 厂我是第一人。”刘湘宾回忆。

也就是在任务最繁多的那一年，34 岁的刘湘宾当上了车间铣工班组长，这正是师父当年的角色。如今，他清楚地记得，自己当班组长的那一年，香港回归祖国怀抱。而这个班组长一当，就几乎是一辈子。

由于刘湘宾干起活儿来很拼，似乎永远在加班，常有人和他开玩笑，“你什么爱好都没有，天天就知道干活，多枯燥无趣。”“我有呀，我的爱好就是干活。”刘湘宾总是这样回答，因为他从不觉得工作枯燥乏味。

也就是那几年，刘湘宾多了一个名号：7107 厂“拼命三郎”。

2000 年，7107 厂为了提高某重要零件的加工精度，决定要采购企业第一台进口数控加工机床。当时，刘湘宾已经成长为厂里数控组的技术骨干、手动操控的技术能手，而且是铣工班组长，大家口中“勇于攻关、敢于担责”的“刘师傅”。因此，他理所当然地被派往瑞士学习掌握该进口数控设备的加工、保养和维修相关技能。

然而，当年入伍前，刘湘宾高中还未毕业，对于英语并不精通，连一个英文字母都不认识，而且相关软件的使用，更是他的技术盲区。要完成好去国外交接设备的任务，刘湘宾顿时压力倍增。

但刘湘宾有一个特点，从不会被难题吓倒，更不会把难题抛出来，让别人去解决，而是自己绞尽脑汁，竭尽全力地去解决问题。

接到任务后，刘湘宾先是来到市里的书店，买了小学英语课本，又找到小学生玩的英语卡片，让学过英语的妻子一个个地教他认。从最简单的英文字母开始，再到简单的一些英文单词，刘湘宾只能靠不分昼夜地死记硬背和反复练习。“其他不会的，只能靠哑巴英语了，和外国厂家用手势比画了。”走之前，刘湘宾开起了玩笑。

说着，刘湘宾还调皮地给妻子袁秀芳演示起来，右手拿着扳手，然后顺时针在空里画了两下，“这个代表零件装卡，外国人一看肯定就明白我要表达的意思了。”

在国外学习了一个月后，刘湘宾已经基本掌握了设备的操作、保养和简单维修等相关技能，英语水平也有所提升。

回国后，刘湘宾的“英语关”基本过了。而下一个“软件关”又摆在了他的面前。很快，刘湘宾就托熟人帮自己在一个大学里找到了一个懂软件编程的老师。而且，他偷偷拿出了自己全部的5000元积蓄，找那位老师报了

20 节的编程课，老师每节课讲 4 个小时，然后他自己回家动手练。

最终，刘湘宾 20 节的编程课，他只去了 10 节课，便已经基本掌握了要用到的编程知识。“后面的课时内容，我已经加班加点地自学完了，最后画图建模比老师都快。”刘湘宾自豪地说。

功夫不负有心人，在极其艰难地过了“英语关”和

2000 年，刘湘宾学习五轴五联动时，在瑞士一火车站的留影

2000 年，刘湘宾学习五轴五联动铣加工时，在瑞士阿尔卑斯山与外国师父的合影

2000 年，刘湘宾（右二）在瑞士学习时拍的照片

2000 年，刘湘宾在瑞士的照片

“软件关”之后，刘湘宾成了 7107 厂第一个掌握数控机床的技能工人。他不仅成功接过了企业铣工班组长的接力棒，而且带着其他铣工，一同奔向数控铣工之路。

第七章 『狼群团队』

走进 7107 厂刘湘宾的陕西省示范性劳模和工匠人才创新工作室，最引人注目的是墙上展板中，一张在雪山之巅仰天长啸的狼的图片，旁边则竖着写有四个大字：“狼群团队”。

在工作室后面的墙上，几乎每一面竖着的展板上，都有一头或一群气势凶猛的狼。展板最右边印着的 5 头狼，上面较高位置的空白处，则写着“狼群团队”誓言：致力企业发展，忠诚祖国航天事业。牢记使命责任，增强核心竞争力。发扬“狼群”精神，通力协作，攻坚克难。用超一流的工作业绩，打造超一流的航天团队。

进入刘湘宾工作室的参观者，无一不被他的“狼群团队”文化吸引，震撼之余，又感到一种强烈的压迫感和紧张感。

“为什么您如此喜欢狼，会想到把班组打造成‘狼群团队’，这个灵感源于哪里？您又是如何打造的？”不少参观

刘湘宾（右五）在工作室与参加企业名师带徒的师徒合影

者向刘湘宾“取经”。

“灵感源于我对航天事业的热爱。作为一名航天领域的工作者，尤其是我们 7107 厂铣工团队，必须能打胜仗，要具备‘狼群团队’的执行力、专啃硬骨头的抗压力、工匠精神的战斗力、攻坚克难的创造力、智慧型人才的续航力、全面释放的生产力。”刘湘宾一口气说了“六个力”。

实则，熟悉刘湘宾的人都知道，他平日最喜欢看的电

刘湘宾（右）在工作室参加企业名师带徒活动并签订协议

视剧是《亮剑》，他不仅自己看了很多遍，而且要求徒弟们有时间也要反复看。

后来在一次晨会上，刘湘宾给大家总结道：“我们班组一定要弘扬‘亮剑’精神，‘逢敌必亮剑’，这个‘敌’就是我们要生产的产品，无论难度多大，无论时间多么紧迫，都决不能退缩，必须拿下它、攻克它！”

更多时候，在车间里，刘湘宾则会改编《亮剑》里的台词来激励大家：“兵熊熊一个，将熊熊一窝。只要我在，咱铣工班就要像一群狼一样，嗷嗷叫，遇到难题敢上，遇到急的产品敢拼命干，绝不后退，这是我们航天人的魂！”

事实上，刘湘宾不仅自己做到了，也带领大家做到了。

1997年，刘湘宾任铣工班组长时，那只是一个有18人的普通班组，而且大家“士气低落”。在刘湘宾担任班组长期间，班组先后荣获了7107厂“先进班组”、陕西省国防工会“创新示范岗”、航天九院“金牌班组标兵”、陕西省“工人先锋号”等数十项大大小小的班组荣誉。尤其是荣获中国航天科技集团“金牌班组”，厂里直接给班组奖励30万元。

此外，那些年，刘湘宾的班组里更是有多人获得全国技术能手、航天科技集团公司“航天贡献奖”、陕西省劳动模范、航天九院“优秀共产党员”等荣誉和称号。

从一个极其普通的班组，到获得多项殊荣，人才竞相涌现，刘湘宾究竟是如何做到的？

在部队服役 3 年，管理班组后，刘湘宾则借鉴了部队的“三大条令”，因此，他的班组纪律意识非常强。

毛国刚如今已经是 7107 厂精密加工事业部铣工班的技术骨干，他于 2009 年 11 月来到 7107 厂，初来时的记忆历历在目。

当时，毛国刚一波 22 个新人同时进厂，刘湘宾是铣工班组长，他们新人站成一排，等各个班组长过来选。刘湘宾走过来就直接问：“你们谁会干铣工？”然后不等大家完全回答，他便点了几个人：“你，你，你，还有你，跟我走。”

“那时候，第一次见刘师傅，感觉人非常严肃，完全是部队作风，他站得笔直，而且说话很干脆直接。一般新人第一天不用干活，就熟悉熟悉，而他第一天就把我们带到车间，让我们上手干活。”毛国刚回忆道。

刘湘宾当班组长的 22 年，每天的晨会都是雷打不动的。他要求大家按照部队站军姿的要求站成两排，如果有谁没站好，他检查到了就会毫不犹豫地严肃批评，甚至踹上一脚。

此外，刘湘宾一直用航天精神“特别能吃苦，特别能战斗，特别能攻关，特别能奉献”来要求自己，同时也要求着班组的每一个人。

“你活儿都干不好，还能干什么？能干了干，干不了

刘湘宾（右）指导徒弟加工产品

提着包去人事处报到。”遇到徒弟干活出错，刘湘宾总是会很严厉地批评。

此外，平日里，刘湘宾干起活儿来总是雷厉风行，在班组里也是说一不二。“活儿干不完，谁也别想休息”，是他一直坚持做的，任务来了，经常带着大家忘记吃饭，忘记休息，直到把任务完成。

有一次，连续加班了好几天，班组一个新人说：“我

刘湘宾（右二）为来访者讲解自己的产品

实在干不完了，我不干了。”说着，还把机床的电源开关直接关闭了。

“你怎么把电源关了？”刘湘宾大声怒吼着，走了过去。那个新人则气愤地推了刘湘宾一把。随即，刘湘宾就直接把那位新人踹倒在地。

后来，那位新人被送进医院，刘湘宾则被厂里严厉批评，并且赔偿了医药费。“刘大师不仅技术好，拳脚也好”的消息则在7107厂不胫而走，再也没有班组的徒弟们敢和这个部队出来的师父“比拼拳脚”了。

然而，刘湘宾又从来都是对事不对人，第二天，刘湘宾先是主动走到那位新人旁边。“师父，我知道错了。”新人先开口道歉。刘湘宾也是很客气地说：“没事，我们都是为了工作。”如今，两人则成了很好的“哥们儿”。

“干起活儿来，刘师傅非常霸道，他说怎么做就必须怎么做。后来我们也就自我安慰，这倔老头，我们不和他一般见识。”如今是7107厂精密加工事业部车工组组长的强龙开起了玩笑。

刚进厂时，强龙在刘湘宾的班组工作，压抑的氛围让他硬撑了三个月，每一天都想辞职。“在那个环境中，所有人都在埋头干活，想交流也只能聊工作，简直太压抑了。”

如今，再回忆起来，强龙则很感激能遇到刘湘宾这个师父。“师父工作中有一些急躁情绪，班组管理上也会有简单粗暴的行为，但他是实实在在地教我们技能，更让大家养成了一些很好的工作习惯。”

“我说，你们都认真记。”车间里，刘湘宾每次给大家讲解一些技术要领时，都会这么要求，他一直相信“好记性不如烂笔头”。几年下来，大家笔记本里都记满了各种操作要点和难点，技术也有了很大提升。刘湘宾还要求大家每天都要看专业书，再互相学习讨论，不断提升。此外，他还鼓励大家按照技能大赛的要求进行训练准备，多参加技能大赛，提升技能水平。后来，班组中的不少人都尝到了技能大赛的“甜头”。

而在班组日常管理中，刘湘宾“讲义气”更是出了名。他一直把班组每一位成员都当作自己的兄弟姐妹，用真心对待每一个人，在工作上严格要求，在生活上则是无微不至地关心大家。

一次，刘湘宾看到一名徒弟上班时无精打采，干出的产品总出问题，他上前问了才知道，徒弟和媳妇吵架闹着要离婚。刘湘宾先是细心地开导徒弟，随后又给徒弟的媳妇打去电话，一一化解矛盾，让双方都心服口服，最终成功地挽回了一个家庭。

这样的事太多了，大家都感叹，看似大大咧咧的刘湘宾，私下还是一个很细致、贴心的人。

平日里，刘湘宾也很重视班组的团队意识，通过各种方法不断增强团队凝聚力。遇到生产难题，他会召集班组每一位成员来共同商量，如何装卡、定位等，让大家各抒己见，充分地尊重每一个人。

生活上，班组哪位成员家里有困难，他就带着大家一块儿去帮忙、还经常组织一些班组集体活动，来增强大家

刘湘宾（右四）执裁陕西省 2024 职业技能大赛

之间的凝聚力。而只要他去外地出差，回来时总会给班组成员带一些小礼品，糕点、烤鸭、专业书籍等。

“很多人都喜欢看《亮剑》，但他们只学习了李云龙的霸气，‘逢敌必亮剑’的精神，却忽略了赵刚的柔气，做任何事都游刃有余，我则是结合了二者的特点去管理班组。”刘湘宾说。

在刘湘宾卸任班组长前，班组已经从 18 人发展为有 58 人的大型班组，而且配备了世界顶级的加工设备，班组

里更是人才辈出。

现如今，刘湘宾已卸任班组长多年。但每年，班组里的成员都会抽时间专门去看望他，和他说说心里话，像好哥们儿一样在烤肉摊吃吃烤肉、聊聊天。而他当年刻意训练的复合型班组，由于大家具备数控铣、数控车、电加工、研磨合等多项技能，不少人已经成为企业各个岗位的骨干力量。

当班组长的 22 年，刘湘宾一直在培养班组成员的“四

刘湘宾（中）在工作室为学员教授加工技巧

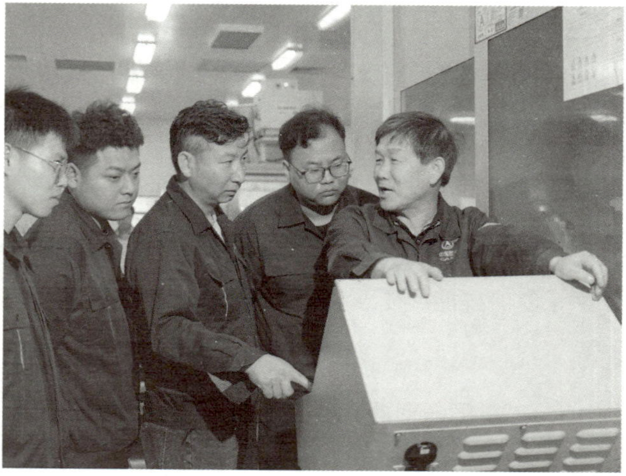

刘湘宾（右一）在给徒弟们讲解调机要点

刘湘宾（中）在工作室为学员们上课

个意识”：“航天跟圆梦的责任意识、五指拢重拳的团队意识、山高我为峰的争先意识、竞争求生存的危机意识。”如今，这种思维意识则已经在企业里生根、发芽、开花、结果。

“建文化，狼群精神的班组文化深入人心；立规矩，不讲条件、不打折扣的执行力，为生产保驾护航；聚人心，齐心协力、科学分工，不断优化生产效率；传帮带，培养人才，传承技能，提高团队整体实力。”在一次座谈中，刘湘宾这样总结自己带团队的经验。

近年来，在企业生产中，每次遇到“急难险重”的任务，有人想着退缩，有人干到一半就不想干了，但刘湘宾班组出来的人，无论多苦多累，都会坚持干完。刘湘宾的工作习惯和方法影响着班组的每一个人，也成了他们终身受益的习惯。

“只要有一丝希望，我们就必须往前冲，因为我们是一群嗷嗷叫的‘狼’。”刘湘宾常说的话，刻在了班组每一个人的心里。

第八章 逢"敌"亮剑

刘湘宾所在的中国航天科技集团九院 7107 厂，主要生产大国重器导航系统的核心零部件——陀螺仪，即惯性传感器。作为这些大国重器的"眼睛"和"中枢神经"，陀螺仪则可以让它的"千里眼"视力更加清晰，身姿更为灵活，在海陆空不同场景下，为大国重器提供更加精准的方位和姿态信息。

"卫星能否到达预定轨道，导弹能否准确命中目标，潜水器能否到达指定海域，靠的就是陀螺仪这双'眼睛'

的精准定位，所以，我们的产品坚决不能容许有一丝一毫的差错。”刘湘宾说。

刘湘宾记得，跟师父学习期间，张大山说得最多的话便是：“你加工的每一个零件都是要上天下海的，所以任何一步都要做好。不存在99.9%的产品，所有产品的标准必须是100%。”之后40年的工作生涯，刘湘宾反复把这句话告诉给班组的每一位成员。

而正是为了这100%的产品合格率，多年来，刘湘宾从来没喝过一滴酒，即使遇到一些重大时刻，他也只是以茶代酒，然后反复向大家表示歉意。后来，大家才知道，他担心喝酒会麻痹神经，影响到自己精密超精密加工时手感的稳定性，一旦出现偏差，就做不好复杂形状产品的加工。

慢慢地，大家都理解了他。

刘湘宾常说：“我加工的不是产品，而是工艺品。”他深深地热爱自己加工的每一件产品。空闲时间，刘湘宾会把自己加工出来的一些关键产品拿出来，细心地摆放在桌子上，静静地欣赏，此时便多了一些满足感和成就感。

“我们制造的产品，都是要上天下海的，事关国防安全，产品质量上容不得半点马虎。”刘湘宾退休后，徒弟雷方时常把这句话挂在口头，借此督促班组的同事。

一次，某型号球阀的生产难题摆在了刘湘宾所在车间的面前。按照以往传统硬对硬的加工模式，无论如何加工都难以满足球形圆度的尺寸要求，所有人陷入了沉思，有人提出“差那么零点几微米，不影响”。

最终，大家将目光投向了刘湘宾，等他抉择。所有人都知道，刘湘宾是绝对不会允许超出要求以外的任何误差出现的。

刘湘宾开始“亮剑”。其间，他请教了很多老师傅，重新制定了加工方案，一遍遍地试验、改进，最终发现加工时需要保证毡垫在高速旋转时的定位准确度。找到问题的症结所在后，刘湘宾将以往硬对硬的加工模式改为了软对硬的加工方式，同时还自主研制了抛光轮，采用工装压表的方法来控制机床坐标的位移精度。

最终结果如何？

经过改进，该型号球阀的球体圆度达到了 1 微米，相当于人类头发丝的 1/70，光洁度达到 13 级的设计要求，产品合格率也达到 98% 以上。刘湘宾完美克服了任何可能存在的风险和安全隐患。

据统计，刘湘宾参加工作的 40 多年，他带领团队加工

刘湘宾在操作精密手动镗床

刘湘宾在调整加工设备

的惯性导航产品，参加了100余次国家防务装备、重点工程、载人航天、探月工程等大型飞行试验任务，圆满地完成了长征系列火箭导航产品关键零件，卫星、神舟十二号载人飞船重要部件生产任务等。经由他手的产品，从未出现过任何失误。

一次，在生产中，刘湘宾发现因重量轻、节约材料、结构紧凑等特点，薄壁环状零件常被广泛应用在各大工业领域。但该类零件在加工过程中时常遇到装卡易变形、装卡状态下的零件形位精度与释放后的状态不一致、难以准确测量薄壁件的尺寸等问题。

由于该问题出现的频率高，零件在生产中又至关重要，刘湘宾立志要进行攻关。2008年，他通过自制测量表架、选择高精度的精镗头等方式，对零件结构、装卡、测量、刀具选择以及加工误差、加工参数进行分析改进，最终成功地让被加工零件尺寸和位置精度均达到图纸要求，并且成功研究出了一套薄壁环状零件侧面镗孔的方法。

刘湘宾对机床加工刀具的改进也让所有人印象深刻。

当时的航天第三代材料由20%—45%的碳化硅组成，这些铝基复合材料具有硬度高、黏性大等金属特性。在加工过程中，刀具就像是在砂轮上打磨一样，极易造成磨损，而一把进口的加工刀具就要好几千元，这也导致生产成本一直居高不下。

为此，刘湘宾牵头，与某公司、高校等研发单位联合开展复合材料铣刀刀具国产化研究。经过 74 次反复改进，他们最终自创了一套高精度机床加工刀具，在产品加工中，国产刀具比进口刀具的耐用度高 4 倍以上，1 把刀具可抵 4 把瑞典同类刀具，完全替代了进口刀具，并且还取得了发明专利。

“与之前的进口铣刀相比，研制的新型号铣刀具有寿命长、耐磨性好、成本低、表面加工质量高等优点，每年可为公司生产节约成本 80 余万元。”刘湘宾自豪地说。

在职业生涯的中后期，除了带出一支“狼性”团队外，刘湘宾还花了大量时间在攻坚克难、发明创新上，不断进行生产方面的改善，彰显出责任与担当。

2018 年，某型号特急项生产任务进组，时间紧、任务重，任何失误都将直接影响后续航天发射的成败。刘湘宾打破常规生产模式，安排组员一人多机三班倒，保障人员统筹安排、全力配合，两个月的任务，最终只用了 22 天就高质量完成。

在探月工程“嫦娥四号”探测器发射前夕，刘湘宾及其团队接到任务——要完成某型号导航卫星用太阳帆板驱动机构“上、下刷架盘”“密封罩”“基座”“主板”等零件加工。这些零件都属于大型薄壁盘类铝合金、钛合金精密产品加工范围，难度高、风险大，技术要求严。为此，厂里组建了攻关小组。刘湘宾带着同事们连续 12 天，每晚加班到凌晨。经过多次讨论和加工验证，他们最终采用了非

刘湘宾在加工工件

刘湘宾在劳模创新工作室查看展品

常规的装夹定位方式，提前完成了任务，解决了这类产品的精密加工难题。

在国家某型号新型材料三种关键零件攻关中，刘湘宾成功将两轴端的止口端面对公共轴线垂直度加工精度大幅提高，不但提高了生产效率、延长了刀具使用寿命、降低了加工成本，而且为后续生产奠定了基础。

此外，刘湘宾还在班组建立关键件半球生产单元，开展技术攻关，通过加工工序优化、工装设计改制等，使两种零件的合格率由原来的55%提高到90%，单件成本降低50%，生产效率提升近三倍，有效解决了动压马达及陀螺齐套的瓶颈环节。2019年，班组因此获得航天工业“质量信得过班组”称号。

“他不畏惧任何困难，迎难而上，钻研肯学的精神，值得我们企业每一位生产者学习。”7107厂相关负责人这样评价刘湘宾，号召大家向他学习。

据不完全统计，在职业生涯中，刘湘宾带领工作室成员，先后完成“半球动压马达柔性制造系统改造”等管理创新、技术创新18项；累计提出合理化建议100余条，涉及生产管理、工艺技术、降本增效、安全生产等多方面内容，并依据合理化建议优化工艺50余项；22项攻关成果

刘湘宾正在操作数控机床

和研究课题解决了公司最关键最迫切的技能难题，创造直接经济效益100余万元；《加工中心小螺纹攻丝研究》等课题研究成果在有效提高产品加工合格率的同时，也成为7107厂培养新人的核心资料。

在刘湘宾的带领下，团队超精密机械加工水平更是达到行业一流，尤其是在加工微米级、亚微米级的高精度精密零件中，对轴的圆柱度、半球的球面度等加工精度和水平，在中国西北片区首屈一指。

2021年1月20日，长三乙火箭成功发射“天通一号”03卫星，实现航天发射开门红。用于此次卫星发射的，7107厂生产的四只二浮陀螺仪及两型近200只微波开关，均出自刘湘宾带领的数控团队之手。6月17日，搭载“神舟十二号”载人飞船的长征二号F遥十二运载火箭发射圆满成功，天和核心舱发射、空间站建设等航天发射重大任务的圆满成功，7107厂所有参试产品的精密和超精密加工零件，均由刘湘宾带领的团队完成。

面对一次又一次攻坚任务，刘湘宾带领团队，克服各种艰难险阻，以高超的数控加工技能水平，高效的生产组织能力，稳定的产品质量，赢得了各方肯定，为企业积累了良好口碑。

刘湘宾作业现场

“面对强大的敌手，明知不敌也要毅然亮剑。即使倒下，也要成为一座山，一道岭。”第一次看电视剧《亮剑》，刘湘宾便被“李云龙”这位“战神”式指挥家传奇的一生所震撼。听到这句话，他赶紧翻出笔记本，一字一句地记在了笔记本的第一页。

如今，虽然那本珍贵的笔记本已经被翻得泛黄，但这句影响刘湘宾一生的话，他一直刻在心里。

第九章 对自己『狠』

“你这小子也太不要命了，你不对自己负责，也要对家庭负点责任。”2016 年 5 月初的一个晚上，在医院里，妻子袁秀芳向刘湘宾大声喊道。

袁秀芳一边大声喊着，一边眼泪却止不住地往下流。

看着妻子，刘湘宾本想解释一番，可话到嘴边，却始终一个字也挤不出来。刘湘宾从病床上下去，轻轻地搂着妻子，给予她安慰。

刘湘宾始终知道，这个陪伴了他大半生的女人，有多么心疼他。

几天前，刘湘宾在车间生产线上干活，装完一个锁扣后，直接从 1 米多高的平台上跳了下来。很快，他感到腹部一阵剧痛。一开始，刘湘宾并没有当回事，以为是高处跳下来导致的腹部疼痛，想着过会儿就好了，便继续在生产线上抢抓任务，攻坚克难。

然而，腹部的疼痛感逐渐变得越来越强烈，不一会儿，他疼得满身是汗，豆大的汗珠顺着额头往下流。旁边的徒弟看师父脸色青白，而且似乎一直在忍着剧痛，忙关心地问刘湘宾情况，并在之后紧急拨打了 120，把师父送往医院。

在医院里，医生诊断，由于刘湘宾长期饮食不规律、熬夜等，患上了严重的胆结石疾病。“他在年轻时，基本不吃早饭，前一天工作太累了，第二天起晚了便随随便便给嘴里塞两口，就跑去上班，遇到难题也经常忙到忘记吃饭。”袁秀芳说，“再加上常在机床前一站就是好几个小时，患上了糖尿病、肾结石、胃溃疡等疾病。”

那一次，由于刘湘宾从 1 米多高的地方跳下来，结石变换了一个方位，直接把胆管堵了，导致他产生了难以忍受的剧烈疼痛。

之后，刘湘宾被安排进行胆囊摘除的紧急手术。

就在手术后的第三天，刘湘宾一边输着液，躺在病床上等待伤口愈合，一边开始询问车间的情况。原来，当时企业接到一个紧急的生产任务，而且难度比较大，任务完成与否将直接影响我国的航天发射任务。

就在刘湘宾做完手术的第四天，一个接一个请教的电

手术后，为了增强体质，刘湘宾开始在工作之余打乒乓球

话打进了病房，打到了刘湘宾的手机上。“任务重，时间过于紧迫，车间的徒弟们确实无法完成，而且机器不断地出现故障，甚至都无法正常生产。”

“电话里说不清，你们等着，我回去。”一个又一个电话打来后，急性子的刘湘宾作出了决定，回车间帮忙。

“你坚决不能回去，刚做完手术还没有拆线，出任何事故你要自己负责。”医生知道后，严厉地劝阻刘湘宾。

刘湘宾工作之余进行跑步锻炼

性格倔强的刘湘宾那一刻满脑子都是车间的生产任务，为了不对可能的发射任务造成影响，他自己偷偷拔掉了正在输液的针头，此刻身体右边还挂着引流装置。他强忍术后疼痛，拖着极其虚弱的身体，靠着顽强的意志力走出医院，摇手拦下了一辆出租车，往车间赶去。

那会儿，刘湘宾手术后的伤口还没有愈合，每走一步都伴随着剧烈的疼痛感。“我这状况，虽然去了可能不能干活，但可以在旁边给大家说怎么办，不能把活儿干废了，更不能完不成任务。”刘湘宾说。

当晚，刘湘宾回到医院继续输液，也就发生了妻子袁秀芳吼他的一幕。而之后的几天，刘湘宾都坚持白天在车间参与生产，晚上由妻子陪他去医院输液。

就在刘湘宾生病的那一周，远在上海上学的女儿刘青发现父亲这周给她打的电话变少了，她打电话过去问，刘湘宾总说“一切都好”。在1个多月后暑假回家，刘青才从别人口中得知当时父亲患了胆结石，还做了手术。

“工作归工作，但你要注意身体呀。”知道刘湘宾在手术后第四天拔掉输液管回车间的事，刘青生气地说。

“我就一个爸爸，把你累坏了怎么办？”随后，女儿又满是关心地说道。而就这一句话，让刘湘宾心头一酸，一股复杂的情绪涌上心头。

“没事，我年轻时当过兵，身体好。”刘湘宾试着安慰女儿。

那一次，车间生产任务上的难题一个接一个被攻克，那批产品最终全部合格，按时保质保量地完成了交付任务。

之后的很多年，一旦说到这件事，刘湘宾的妻子袁秀芳便会忍不住掉眼泪。而从别人口中，刘湘宾得知，妻子不止一次说过，“我老公是个铁汉子”。

刘湘宾对自己“狠”，在很多事情上都有所体现。

有一次，刘湘宾下班回家已经是凌晨 4 点多了，袁秀芳听着他进了洗手间，但半个多小时后还没听见出来，客厅里也没有任何动静。袁秀芳赶忙下床去看，发现刘湘宾在洗手间里竟累得睡着了。

第二天 8 点多，拖着疲惫的身子，刘湘宾又准时赶去上班。

还有一次，是在大年初一，刘湘宾无心过年，满脑子都想着一个国家重点新型号产品的攻关任务。“你陪我到车间干活去。”刘湘宾对妻子说。“你是干活干魔怔了，今天是大年初一呀，谁往厂里跑呢？”妻子惊讶地说。

最终，袁秀芳拗不过刘湘宾，他们一块儿来到车间加班。直到晚上，随着该重点新型号产品加工出来，用检具检验合格，刘湘宾激动地把妻子抱起，像小孩子一样欢快地转了一圈。

“报告厂长，那个关键件，我干成功了。”当天在回去

刘湘宾在操作机床

刘湘宾在查看加工设备

的路上，恰好遇到厂领导来慰问春节一线值守的锅炉房职工，刘湘宾满脸兴奋地汇报道。

之前，袁秀芳从没见过刘湘宾如此开心过，他对自己的“狠”，终于取得了成效。

在家里，每晚睡觉前，无论多累，刘湘宾基本都会拿起床头的专业书，逼着自己读一些，以不断地汲取新知识，同时让自己保持思考能力，不断对新的技术和方向保持好奇心和探索欲。“我一直说自己是一名技校生，但无论学历如何，学习是这一辈子要干的事。”刘湘宾说道。

每次进校园为在校大学生作报告，最后，刘湘宾都会语重心长地告诉大家：“我们要对自己狠一点，逼自己更努力一些，未来有一天，我们一定会感谢曾对自己发狠过的我们。”

最终，刘湘宾对自己“发狠”的品质，也毫无保留地遗传到女儿刘青身上。大学期间，刘湘宾告诉女儿刘青：“你不要以为踏进大学校门，就可以安逸地享受生活了，要让自己每天都过得充实一些。”刘青也牢牢记住了“老刘”的话，她在学好本专业——日语专业的同时，又辅修了极有挑战性的工商管理专业，顺利地拿到双学位，同时还自学考取了国家二级心理咨询师证。

在毕业后进入中国航天科技集团有限公司第九研究院7107厂质量技术部工作后，为考取质量外审员证，刘青白天上班，晚上回家先把自己快2岁的孩子哄睡着，再深夜坐到书桌前看书学习。时间实在不够，她早上5点再从床上爬起来，努力学2小时。

就是凭着这股狠劲，刘青成了企业第一个成功考取质量外审员证的人，而且还应聘到中国新时代认证中心，成为军标认证的质量审核员。

“从小看爸爸这样努力，我的生活也是这样。”刘青说。

没有人知道刘青在这个过程中吃了多少苦。本身从事质量审核就是跨专业工作，而能应聘进入全国首家最权威做军标认证的机构，刘青靠的就是父亲那句“要么不干，要干就干到最好”的自我要求。

那段时间，在家里看到母亲学习，刘青快2岁的女儿也拿着书本，写写画画，学起了拼音。

“任何时候，你说没用，要身体力行地去做，而且竭尽所能，对自己‘发狠’，这种源自爸爸刘湘宾的精神品质，一直在我们家不断地传承，这就是榜样的力量。”刘青说。

刘湘宾在调整工件加工尺寸

刘湘宾在作业中

在刘湘宾“大国工匠”进校园的演讲稿里，有这么一段话：数十年如一日高标准、严要求的背后，是经常干工作到夜里 12 点，周末带领全员在车间里抢任务，“5+2”“白 + 黑”，那是我一年到头的工作常态。在别人眼中，我和我制造的产品是认真、执着、精细、完美的代名词，可我一直坚持从 99% 到 100% 的不断跃升。要取得这些成绩就必须要付出。有的时候，我在机床边上一站就是十几个小时。我曾多天不分昼夜连续工作，7 天、15 天……不断刷新着一个又一个连续工作时间的纪录。这其中有夏日的炎热，有冬日的严寒，有深夜的冷清，也有坚守的孤寂。

这段刘湘宾的深情流露，曾让无数人潸然泪下。

一直以来，让刘湘宾感到最难以释怀的是，一生努力的大哥刘辛店在车间工作时，心脏骤停，永远地倒在了生产线上，为我国航天事业献出了自己的生命。

“如果让重新选择人生，我、我大哥，我们航天人绝不会退缩，依旧会选择坚守在航天军工一线，‘逢敌必亮剑’，面对困难不断冲锋，为热爱的事业倾其所有。”刘湘宾说。

第十章 铁汉柔情

2024年春节前的一天，刘湘宾的女儿刘青下班回家，开门时，她听到家里传出欢快的音乐声，就在打开门的那一刻，刘青惊呆了。

只见一个60多岁、头发有些灰白的“老头”，正用力扭动着僵硬的腰，四肢并用，跟着一个小女孩在跳舞，茶几上的手机里则传出《新年快乐》的音乐声。“一老一小”的二人正全身心地投入音乐和舞蹈动作中，完全没人关注下班回家的刘青。

而那个头发略显灰白的“老头”正是刘青的父亲刘湘宾，小女孩则是她的女儿，刘湘宾正在陪着外孙女跳舞。

看着父亲那有些不协调的动作，刘青忍不住哈哈大笑。“哎呀，我爸居然还会这样。”刘青忍不住夸赞又略带戏谑地说。

2016 年春节，刘湘宾（三排左一）的全家福

在女儿刘青眼里，父亲刘湘宾一直是一个比较严苛且不苟言笑的人，典型的“大家长式”形象，他始终将当年在部队养成的习惯，延续到工作和家庭生活中，以至于在单位，大家都认为刘湘宾是一个极为严厉的“狠人”，对人、对己都很“狠”。在家里，刘湘宾则总是很板正，一脸冷漠，也从来不和她玩儿，一回家就累得瘫倒在沙发

除夕之夜，刘湘宾（右一）全家包饺子，一同守岁

上，偶尔起来看看电视、抽抽烟。即使是偶尔硬被拽着出去逛，他逛累了有时还会发一股无名的火给大家。

“我爸居然还会有这么一面。”晚上，刘青忍不住对母亲袁秀芳说。

“别看他对自己狠，其实铁汉也有柔情的一面。”袁秀芳打趣道。

袁秀芳和刘湘宾是初中同班同学，结婚后一个在厂医院当护士，一个在厂里的生产车间从事铣工工作，虽然距离不远，但总是聚少离多。年轻时，袁秀芳便感觉到刘湘宾属于典型的“事业型”男人，一心扑在工作上。但也有例外，遇到周末不加班时，厂里组织大家跳舞，刘湘宾又能出现在人群中，跳起交际舞；遇到唱歌比赛，刘湘宾则是标准的男高音，又成了全场瞩目的“选手”。

从那些场景开始，袁秀芳隐约地觉得，这个“铁汉”也有温柔的一面。

作为大半生都从事精密超精密加工的人，刘湘宾对机械类的东西尤为感兴趣，也由此产生了对瑞士手表深深的热爱。有一次难得去瑞士出差，回来时，刘湘宾毫不犹豫地给爱人袁秀芳买了一块精美的手表。当时，犹豫再三，他还是没舍得给自己买一块手表。

还有一次，刘湘宾回到家后让袁秀芳先闭上眼不要看，袁秀芳随即便配合地闭上眼，想看看丈夫在“搞什么鬼”。随即，刘湘宾掏出了一套在国外出差时，专门为妻子买的修剪指甲的套装。袁秀芳睁开眼才看到，那套指甲修剪工具包装精美，还被刘湘宾里三层外三层地小心包裹着，成了送给她的生日礼物。

那次，袁秀芳被感动了，她明白刘湘宾对自己无言的

刘湘宾妻子在宝鸡市劳模群雕处留影

爱，明白了这个男人也有自己的“小浪漫”。因此，每晚无论到几点，只要刘湘宾还在厂里加班没回家，袁秀芳就会一直为他亮起家里的一盏灯。等每次刘湘宾回来走在楼下，看着亮着的灯，心里总是极其温暖，“有个人、有个温馨的小家还在等着我”。

一个周末，刘湘宾陪袁秀芳出去逛街，遇到了刘湘宾喜欢的皮带。看着好几百元的标价，袁秀芳毫不犹豫地给刘湘宾买了下来。“那么贵，你买它干吗？”拿到皮带，刘湘宾装作怪袁秀芳乱花钱的样子，却又不自觉开心地将皮带接到手里。

在看到刘湘宾去瑞士出差不舍得给自己买表后，刘湘宾的女婿则给岳父刘湘宾和岳母袁秀芳买了一对瑞士的情侣手表，让两人一同戴着，感受浪漫与甜蜜。

春节前，刘湘宾陪外孙女跳舞那一次之后，父亲铁汉柔情的一面时常萦绕在刘青脑海中，挥之不去，她对父亲复杂的情感也发生了变化。渐渐地，刘青感觉真正慢慢理解了这个极为刚强又柔软的男人。

在刘青儿时的记忆里，刘湘宾是一个严厉的父亲，小时候自己很怕做错事，即使是刘湘宾的一个眼神，已经能让她吓得连忙躲开。刘青记得，小学时她犯过一个错误，彻底惹怒了刘湘宾，被他一脚从客厅踢到了卫生间门口。至今，她被吓得哇哇大哭的场景依然历历在目，而那也成了刘青从小到大唯一一次被父亲打。

虽然父亲刘湘宾的严厉让刘青感觉害怕，但父亲似乎又是一个让她能充满荣耀和自豪的存在。从小学一年级开始，7107 厂学校的老师在教大家写作文时，总会当着全班同学的面，用刘湘宾作为例子，“刘青的爸爸是一个爱岗如家的人”。也就是老师的这种举例和比喻，让刘青一下子对于语文课本里爱岗敬业、无私奉献这些词，有了深刻的认识和切身的感受，更让她觉得在全班同学面前很光荣。

如今，“爱岗如家”这四个字已深深地刻在刘青脑海里。“原来爱岗敬业是我爸爸这个样子”，那时候，她在心里默默地告诉自己。

随后，刘青也总能听到同学们的议论：“刘青的爸爸好厉害呀！”从老师和同学们嘴里夸出来，刘青开始将父亲作为她的偶像，脑海中时常有一个高大的“英雄形象”，她后来称为“榜样的力量”。

刘青还记得，在她读小学期间，一直不舍得乱花钱的刘湘宾做的一个决定，也让她在同学面前“很长脸”。

“这一个月的休假，我带你们俩去北京玩吧。”一天，刘湘宾突然对袁秀芳和刘青说。在和父亲反复确认后，刘青开心地手舞足蹈。

那时候，小小的刘青完全想不到，一直舍不得乱花钱，一回家倒头就睡，几乎从来没有任何娱乐活动的父亲会主动提出带她去北京玩。那时候，在孩子们眼里，北京是一个只在课本中出现过的“神圣”地方，她做梦都想去。

在北京，他们一家三口整整玩了一个月，故宫、长

刘湘宾一家三口

城、颐和园等大大小小的景点，刘湘宾都带着妻子和女儿玩了一遍。

也就是这次经历，让刘青成为班里少有的去过北京的学生。当课本里出现“不到长城非好汉”这句话时，刘青脑海中便立即出现了一个具象的画面。

但更多时候，尤其是在刘青小时候，她都是一个很缺乏安全感的孩子。4 岁前，刘青在三岔河乡的厂区里生活，母亲是厂区医院护士，白班、夜班轮流上，而且经常很忙；父亲刘湘宾的工作似乎不分白天和夜晚，没有一个准确的下班时间。所以，小时候刘青对家庭生活的记忆，时常停留在今天住爷爷家，明天住姑姑家，后天又住姥姥家这样的场景。有时候，母亲值夜班，又会带着她在医院睡。

“那时候，看到别的小孩有父母陪着滑滑梯，我都会感到很羡慕，而我身边却时常只有妈妈。”刘青如今回忆道，“小时候，一直以来，感觉爸爸离我很近，却又很遥远，有时甚至会怀疑，爸爸是不是不爱我了。”

而刘湘宾给刘青买小摄像机的经历，则让刘青又重新感觉父亲是爱自己的。

2000 年，千禧年，所有人开始对生活有了新的期待。然而，那时候大家的物质生活仍相对贫困。让刘青想不到的是，那时刘湘宾每个月的工资还不到 200 元，却托朋友从香港买回来一台上千元的小摄像机，用来记录刘青成长过程中的一些珍贵瞬间。

“在那个年代，能有一台照相机，拍张照片已经是很不容易的事了，爸爸却把自己辛苦攒了半年多的积蓄，全部拿来买了一台小摄像机，作为礼物送给我。”刘青说。

之后，刘青只要参加学校的文艺演出、体操表演等各

刘湘宾购买摄像机时的照片

类活动，袁秀芳就会抽出时间，拿着摄像机去给女儿拍摄视频，记录成长点滴。后来，这些摄像机拍的内容都被刘湘宾刻进光盘里，保存至今。

“从小到大，在物质上，我几乎从没缺过什么，可能在那个年代，爸爸理解的爱就是在物质上对子女的满足和帮助。”刘青说。

后来，刘青去上海上大学，刘湘宾几乎每天都会给女

刘湘宾外孙女与刚出生的外孙合影

刘湘宾外孙女周岁宴留影

刘湘宾（左一）全家三亚游玩时留影

儿打电话，问她生活、学习怎么样，还缺不缺什么东西。那几年，刘青开始感受到父爱的细致和温暖，对父爱逐渐有了更清晰的感受。

大学毕业后，刘青自学了心理学，考取了国家二级心理咨询师证。在这个过程中，她开始理解一个摄像机背后，父亲的爱到底有多坚定和细腻，也真正开始理解刘湘宾这种中国传统的“严父式”的爱——无言又充满力量，很深沉，一直在背后默默支撑和陪伴着她。

“现在，我才明白，其实父母对子女的爱，时间投入并不一定是最必要的，”刘青说，“爸爸通过一种自己身体力行的方式，在有限的时间里实则给了我无限的爱。”

近几年，刘青则明显感到父亲在努力地平衡着工作与家庭生活之间的关系。周一到周五，刘湘宾常在单位加班，周六上午再加大半天班，下午基本都会陪着家人逛公园、逛商场。

退休前，刘湘宾则给自己买了一辆宽敞的越野车。“等退休后，我带你出去好好玩玩，浪迹天涯。”刘湘宾对妻子说。“你不是一个爱玩的人，而且就那么想想，肯定很难实现。”袁秀芳表示不相信，她在有意地刺激刘湘宾。

2023 年 6 月，刘湘宾刚退休，随即又被企业返聘，并且又承担了许多社会服务的职能，每天似乎更加忙碌了。越野车最终也成了他每天工作的代步车，带着妻子袁秀芳“浪迹天涯”的梦几乎从未实现过。但妻子袁秀芳和女儿刘青都感觉刘湘宾变了。“以前的他和现在的他有极大的反差。”刘青开始用“慈祥的老头”来形容如今的父亲。

“如果让你给父亲刘湘宾打分，你会打多少分？”

“在我心目中，他一定是满分，100 分。”刘青坚定地回答。

第十一章 航天有梦

2022年7月24日上午，在陕西宝鸡当当书店三楼报告厅，宝鸡实验小学开展“以匠人之心　铸大国重器——‘大国工匠’刘湘宾给小朋友们讲故事”主题活动。

活动结束后，宝鸡实验小学“童诗有约”公众号刊登了该学校童心诗社10多名孩子写给刘湘宾的诗。

12岁的余尚达在诗里写道：“一颗火热的心，两只勤劳的手，精雕细琢、精益求精、入室升堂，用自己的绝技铸造护佑大国的神器，用传世的巨作打造大国腾飞的脊梁……”

11 岁的荔浩轩则在诗里写道：“卫星到达轨道，导弹命中目标，潜水器到达海域。是因为什么呢？哦！原来是那双‘眼睛’。但又是谁擦亮这双‘眼睛’呢？是拥有匠心的刘爷爷。40 年坚守，只为擦亮大国重器的‘眼睛’。”

……

之后，有人将公众号内容转给了刘湘宾，他在打开后一字一句地读完，之后给童心诗社的老师回复：“作为一

刘湘宾走进航天小学，给小朋友宣讲航天精神

名航天工匠，这条路是必走的。”

2022 年，刘湘宾已近花甲之年，黑白相间的短发间，白发数量在逐渐超过黑发，但他每天依然精神抖擞，忙个不停。

作为“航二代”，刘湘宾一家都与航天有着深厚的“情缘”。父亲刘林是“航一代”，复员分配后将后半生全部献给了航天事业；大哥、二哥也都在航天一线工作，而

刘湘宾（右四）参加第八届全国职工职业技能大赛决赛留影

且在后面分别被评为高级技师、技师；刘湘宾的一生都在铣工的岗位上工作；女儿刘青则作为“航三代”，毕业后进入了 7107 厂，从事质量检测的工作。

刘湘宾清楚地记得，1989 年前后，师父张大山希望刘湘宾和他一同去深圳某私企工作。父亲刘林知道后，很坚定地告诉他：“你既然进入了航天系统，生是航天的人，死是航天的魂。”

为此，刘湘宾在 7107 厂铣工岗位上坚守了一辈子。厂里领导更是不止一次在大会上说：“你看人家老刘家，根正苗红。”

1990 年，刘湘宾已经成长为车间“挑大梁”的技术骨干。当年的 7 月 6 日，一次特大洪水、泥石流袭击了黄牛铺镇，位于三岔河沟的 7107 厂损失严重。

刘湘宾记得，当洪水快要到达厂区时，几乎所有的职工都立刻骑着自行车往家里冲去，因为家属区处在相对低洼的位置，很容易被淹。

“党员留下。”那时候，车间主任朝大家喊道。刘湘宾留在了厂区，和其他职工一块儿将一楼车间的设备往楼上转移。

“当时的设备全部在总装车间，足足有几十套，而每一套价值上千万元，那都是7107厂的命根子，如果被淹了，整个厂区的人吃什么，大家都还要靠着这些设备活下去。”刘湘宾说，“我是一名退伍军人，更是党员，在关键时刻，只能舍小家，顾大家。”

之后，7107厂临时成立了四路救援队，第一路由厂长、书记带头，组织人去在最下游低洼处的车队救人；第二路是生产副厂长带头，去抢救总装车间一楼的型号产品和测试设备，与洪水、泥石流争夺时间，保护国家财产，刘湘宾便是这一组；第三路是由两名党委委员带队去救援职工家属；第四路是中学校长带头，护送考生去参加高考。

据相关报道，从7月6日发洪水到7月底，7107厂参加抗洪救灾劳动13460人次，平均每天近千人，清理泥沙近77716立方米，修筑临时护坡11处2350米，使用水泥、铁丝、油毡、草袋等建筑材料上百吨。仅用了38天时间，7107厂就全部恢复正常生产生活。

那场特大洪水成了当时7107厂所有人的共同记忆，而能吃苦、能战斗、能奉献的精神则深深刻在了每一个人心里，成了大家的重要精神品格，包括刘湘宾在内。

在这之后的30多年，刘湘宾则将航天精神深深地烙在了心里，成了他的坚守和原则。

2015 年 11 月，某型号基座特急项生产任务被分派到刘湘宾所在的数控组，如果不能按时完成，将直接影响到靶场的发射工作。刘湘宾召集团队开始分析方案，最终整个团队在前期连续加班到凌晨三四点。在基座关键工序的加工时，全组成员打破常规，和工艺技术人员共同制订了

刘湘宾参加陕西省国防工会庆祝“五一”国际劳动节活动

加工计划，原本两个月的任务最终只用了 10 天，便保质保量、按时完成了。

“刘湘宾带领的班组最能吃苦和攻关，任务交给你们最能让人放心。”听到任务圆满完成的消息，当时 7107 厂的相关领导激动地说。

“长期以来，我们班组占全车间人数的 18%，却担负着全车间近 70% 的车、铣加工任务。在工厂历年急难险重

刘湘宾参加事迹报告会

的科研生产任务面前，从来没有一次掉过链子，每年交付零组件数控加工任务近百万件，成为工厂和车间领导最放心的先锋号和突击队，这背后的核心支撑便是航天精神。”刘湘宾说。

采访中，平时不是很爱说话的刘湘宾，一旦提起自己的团队、产品和成果，他便如数家珍，神采奕奕，在他的眼中总能看到自信的光芒。说到最开心的地方，他会像个孩子一样，将攻克技术难关后新加工出来的零件，小心翼翼地从橱柜里拿出来，兴高采烈地一边展示，一边滔滔不绝地讲方法、参数和心得。

在获得“大国工匠年度人物”后，有记者采访刘湘宾，被问及此刻的感受时，他回答：“铣床是我最好的朋友，它能帮助我实现梦想。虽然我不扛枪了，但我还能看到亲手打造的产品可以铸造卫国利器，保国家安全，这就是我一直要坚持的使命。”

在陕西省总工会第十四届委员会第二次全体（扩大）会议上，时任陕西省委副书记有感而发地说：“看了刘湘宾同志的事迹材料，我很感动。航天事业是实现国家飞天揽月之梦的伟大事业，我们要扎根基层一线，大力弘扬劳模精神、劳动精神、工匠精神，为实现中国梦、实现陕西

刘湘宾操作高精密五轴加工中心

省追赶超越目标再立新功。”

近几年，机械加工技术得以迅速发展，在刘湘宾看来，即使全球“灯塔工厂”已然在领航数字化、智能化和工业互联，传统企业也在坚定地搭乘新科技的快车，成千上万的“机器人”进入了工厂，但不管怎么变，技能工人都需要熟练地掌握技术原理，手上的功夫和丰富的经验依然不可或缺。

同时，刘湘宾也在每时每刻地提醒自己，进步慢了就是后退，要走好技能工人这条道，必须不断学习新知识，进行必要的储备和提升。为此，他从来不会放过任何一个开眼界、长知识、增技能的机会。为了学技术，刘湘宾先后购买了上百本各种专业方面的书籍，通过自学熟练掌握了 MASTERCAM、UG 软件编程等，对平台四大关键件进行建模、编程、几何仿真分析，还参加了十多项国家级、航天科技集团公司级技术攻关和课题研究。

时常，刘湘宾因为工作太忙，无法顾及家人。有人问他：“你后悔过吗？”刘湘宾笑着摇摇头说：“航天强国是我们的使命，航天梦是我们每一个基层航天人的梦，我们要追梦，就要脚踏实地追，奋勇向前追，要做好自己的每一件事，精心加工好每一个零件，不管什么任务，都要

‘钻得进去、干得出来’，才能对得起自己，对得起国家！”

如今，已近花甲之年的刘湘宾，心里依然有一个“航天强国梦”。他说：“作为一名一线的技能操作者，要把‘钻技术、传技能、带好人、出精品’这12个字牢牢放在心里，为祖国的航天事业奉献出自己的毕生精力。”

刘湘宾作业现场照片

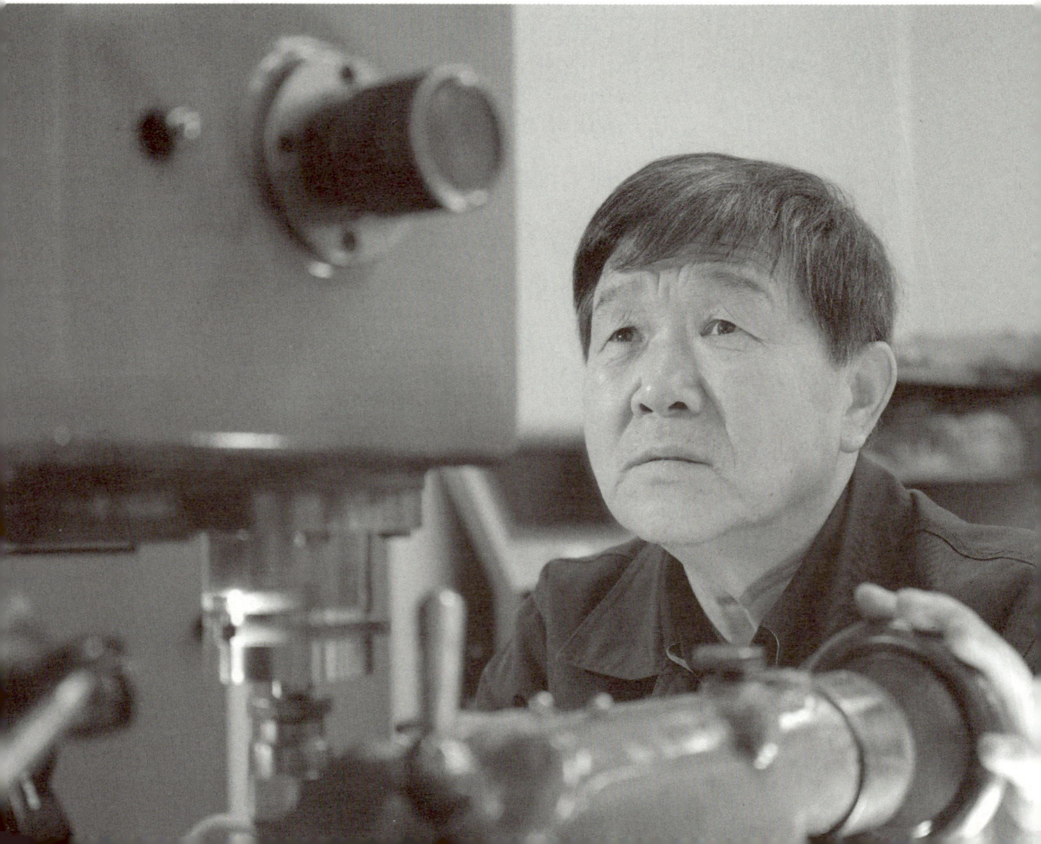

第十二章 走进民企

2023 年 6 月，刘湘宾正式退休，直接被原企业返聘，同时受上级组织委派，利用业余时间对民企进行帮扶指导。

采访时，笔者在陕西宝鸡拓普达钛业有限公司（以下简称拓普达公司）机加 CNC 车间见到刘湘宾，他依然精神抖擞，工作起来依旧一丝不苟、雷厉风行。“在这里，感觉每天都有干不完的事，使不完的劲。”刘湘宾说。

陕西作为军工大省，不少民营企业围绕航天、航空、兵器零组件制造等大型主机厂，配套生产协作，而如何推动这些民营企业发展壮大，形成合力，为地方经济服务，是刘湘宾一直思考的问题。

刘湘宾走进民企的故事，还要从 2022 年 7 月讲起。

拓普达公司是集研发、生产、销售、贸易于一体的高端装备用钛合金材料制品及碳纤维制品的国家高新技术企业，国家重点“小巨人”企业，陕西省钛及钛合金产业链链主企业。

拓普达公司成立于 2010 年，主要业务为中高强度钛合金厚壁管、棒材（圆、扁、方）、台阶轴、异型管、径锻件等材料的科研生产及武器装备专用钛合金制品的生产。产品主要应用于海洋工程装备、油气勘探、航空、医疗、化工、武器装备等领域。

2022 年 7 月初，在拓普达公司，“大国工匠”要来和大家一同工作的消息，成为该企业职工茶余饭后的讨论重点。大家都满怀期待，要看看这个传说中的“高手”来能做些什么。

几天后，刘湘宾真的来了。然而，令所有人没想到的是，他第一件事不是去办公室，而是直接走进机加 CNC 车间，在闷热的厂房里，埋头和大家一同工作，而这一干就是 3 天。

“机加过程中，你选用的刀具、转速、切深以及进给 F 都不合理，这样既费时，又容易导致产品不合格。根据钛合金产品的特性，我优化了程序，改进了刀具，你再试试我给你的参数。”刘湘宾来后没多久，便对操作工安恒伟说。令安恒伟没想到的是，刘湘宾如此平易近人，细心地给自己指出了问题。

然而，当时的安恒伟心里想：“这个能行吗？”

抱着怀疑的态度一试，结果令安恒伟大吃一惊，原来加工一件该产品需要 70 个小时，而按照刘湘宾的方式优化改进后，只需要 39 个小时，效率直接提升了 79%。再细细一算，每件成本降低了 1500 元。在全车间推广后，每批次成本则下降了 50 余万元。经检验，该产品的合格率还直接从 45% 提升到 95%。

这次突破，令初来乍到的刘湘宾“一炮而红”。拓普达公司董事长王勇锦感叹道：“还得行业大腕来。”操作工们也纷纷议论：“以前我们怎么想不到那里去，从来也不敢尝试，‘大国工匠’就是‘大国工匠’。”

之后，在拓普达公司，刘湘宾开始不断地进行产品质量和加工效率提升工作。车间以前生产“轻过程，重终检”，导致产品合格率一直上不去，且损耗浪费大。刘湘宾就用航天领域产品生产的检验程序文件给大家培训，并克服重重困难，推行“重过程，轻终检”的方法，每一道工序都进行检验，虽然看似提高了检验成本，却直接将合格率提升了近 1 倍。

通过刘湘宾的改进，拓普达公司产品的质量和生产效率都有所提升。他又开始干起了自己最擅长的事，帮助企业破解瓶颈难题。

“咱这设备，能干这种精度的产品？绝对不可能。”

“算了，咱还是别惹这麻烦了。”

……

“你们大家都反对这件事，咱拓普达公司试都没试，怎么就知道自己干不成。”刘湘宾反问道。

2023 年，刘湘宾来拓普达公司半年多，某军工研究所无人机项目公开招标，拿到设计图纸，拓普达公司管理层及技术部门立即召开评审会。研究图纸后，几乎所有技术部门人员都认为没有办法完成该产品，只有刘湘宾和当时的生产部部长石国平极力力争，主张全力一试。

原来，该产品加工难度极大，主轴上所有形位公差均要控制在 0.005 毫米以内，长度尺寸公差则要在 0.02 毫米以内。之前，拓普达公司从未加工过如此精密的产品，从设备和经验角度来看，大家都觉得不可能。而且一旦尝试没有成功，不仅耗时耗力，仅试加工的材料成本就需要10多万元。

最终，在刘湘宾的坚持下，经过不断讨论后，管理团队决定让他一试。

刘湘宾（右）在帮扶民营企业拓普达公司现场解决技术难题

随后，刘湘宾组成了4个人的团队，全力突破技术难题和加工瓶颈。经过半个月不断尝试改进，攻关克难，最终试加工出了该产品，送去检验，近200个产品尺寸无一超差，完全合格。在成功中标后，该批次14件产品也是一次性全部合格。

打破常规，作为民营企业的佼佼者，拓普达公司更是成为该军工研究所的合格供应单位。

有人问王勇锦：“你们一个民营企业能干这么难的产品，凭的是什么？”

王勇锦自信地说：“因为我们有‘大国工匠’坐镇。”

一次，一批300件的加急产品紧急送到机加CNC车间，而按照原有工序，要先在三轴机床上加工一次，再转到四轴机床加工，根本无法按时完成任务。面对难题，刘湘宾带着大家对工装重新设计，反复调试，最终由原来的一件一件干，到后面的一次性干8件，从原来的两道工序干完到后来的四轴机床一次性完成，既减少了装夹时间，又减少了由于多次装夹所产生的加工误差，降低了劳动强度，最终按照工期保质保量地完成了任务。

此外，走进民企，刘湘宾要干的第三件大事便是师带徒。“通过几年时间，让这个企业高技能人才充分涌现。”

刘湘宾说。

在拓普达公司机加 CNC 车间，一名普通的操作工韩国锋从未想到，也从不敢想，自己有一天能成为企业技术研发部的技术人员，并且当上“大国工匠”的徒弟，最终还能分别荣获陕西省和宝鸡市的五一劳动奖章。

而这一切的改变要从刘湘宾来企业之后开始。

“开始我们一线操作人员，就是‘当一天和尚撞一天钟’，每天按时上下班，从来没想过看书学习，提升理论水平，更没想到去参加技能大赛，改变命运。干活都是凭经验，切削参数这些设置也没有任何理论支持。”韩国锋说。

刘湘宾来到机加 CNC 车间后，首先开始全力提升大家的技能水平，对操作工们进行技能培训。那近半年时间，每周六下午在会议室，刘湘宾都会为车间的 40 多人进行理论和实操技能培训。关于精密超精密加工的厚厚一本书，他全部系统性地为大家讲解了一遍。

“师父一来就让我们看书学习，系统性地了解钛合金特性、刀具参数选择等，再加上每周的培训，慢慢地，我感觉心中有数了，干起活有充分的理论支持。”谈及自己的改变，韩国锋说。

2023 年 12 月，拓普达公司接到一重要无人机项目任务，其主轴加工精度要求非常高，所有形位公差都要控制在 0.005 毫米以内，尺寸公差则要在 0.01 毫米以内，难度极大。最终，在刘湘宾的指导下，结合平日跟刘湘宾学到的理论与实践知识，韩国锋牵头攻关，最后按照要求超额完成所有任务，并且实现了无一尺寸超差的目标。

作为刘湘宾的徒弟，韩国锋成了“师带徒”的最大受益者。而为了培养大家读书学习的习惯，刘湘宾每次在外参加活动，基本都会带一些专业书籍回来。有一次在东北参加完活动，刘湘宾背着七八本厚厚的书回来，送给大家，这令徒弟们极为感动。

同时，刘湘宾得知车间的操作工从没有参加过技能比赛，便完全按照技能大赛的要求，先在车间里组织起数控比赛，提升大家的理论水平和实操能力，再鼓励大家积极报名陕西省“三秦工匠杯”职工职业技能大赛等一系列比赛。一有机会，刘湘宾便带着徒弟们到自己工作过 40 年的企业参观学习，开阔视野，“我希望大家能有机会多‘走出去’，看看世界有多精彩，学习国有大型军工企业如何干活，不断提升自己”。

在对拓普达公司的帮扶过程中，借助刘湘宾陕西省示

刘湘宾（右一）在帮扶民营企业拓普达公司现场解决技术难题

范性劳模工匠创新工作室这个平台，刘湘宾帮助该企业组建了创新工作室，进行技术攻关、师带徒、发明创造等活动。最终，该工作室还被评为“2024 年宝鸡市劳模工匠创新工作室”。

如今，刘湘宾时常会想起，2020 年，时任陕西省委书

刘湘宾（左三）参加大国工匠走进大连活动

记在陕西航天导航设备有限公司调研时问他的话："刘大师，你怎么把精密超精密加工贡献到陕西经济建设上来？"

而随着拓普达公司成为一种"劳模工匠进企业"的典型被广泛推广，刘湘宾越来越多地参与到各个企业的解决难题和跨行业师带徒中，他自豪地告诉自己："我没有辜负领导的期望。"

近两年，即便已经退休，每当刘湘宾走进企业帮助解决技术难题，走之前，他都会对这些企业的相关负责人说："以后有用到我这个专业和领域的事，我刘湘宾义不容辞。"

刘湘宾（前排左一）走进宝鸡啤酒厂进行交流

第十三章 奋斗不止

2025 年 1 月 20 日，陕西省第十四届人民代表大会第三次会议在西安闭幕。会议期间，作为陕西省人大代表，刘湘宾提出了《民营企业技术人员职称评定方案的提议》。

在当下经济格局中，民营企业已然成为推动经济发展、促进创新的关键力量。民营企业技术人员作为其中坚力量，在技术研发、产品创新等方面贡献卓越。然而，长期以来，他们在职称评定领域面临诸多困境，这不仅制约着技术人员个人职业发展，也对民营企业的长远发展产生不利影响。因此，提议相关部门讨论并提出解决方案。

在民营企业中，技术人员的工作重点往往在于解决实际生产中的技术难题、推动产品迭代升级，他们缺乏时间与资源去发表高规格学术论文，却拥有丰富实践成果与创新技术，现行标准难以对其真实能力与贡献做出合理评价。

提议建立一套符合民营企业特点的多元化职称评价标准。在考量技术创新能力时，不仅关注专利申请数量，更注重专利的实际转化率与应用价值；将技术革新带来的生产效率提升、成本降低等量化指标纳入评价体系。对于在技术团队协作中发挥关键作用、有效解决重大技术问题的人员，给予相应评价权重。

建议政府联合行业协会、专业机构，构建针对民营企业的职称评定服务体系。鼓励行业协会发挥专业优势，参与制定行业内职称评定细则，并承担部分评定工作。建立评定结果公示与申诉机制，确保评定过程公开透明、公平公正。如技术人员对评

刘湘宾学习履行人大代表职责

定结果有异议，可通过正规渠道申诉，相关部门需在规定时间内予以回应与处理。

从企业角度来看，完善的职称评定体系能够激发技术人员的工作积极性与创新热情。当技术人员的能力与贡献得到认可时，他们会更有归属感与成就感，从而为企业创造更多价值。职称评定结果也有助于企业在人才招聘、岗位晋升、薪酬分配等方面提供科学依据，提升人力资源管理水平。

刘湘宾（二排右九）参加“大国工匠进校园”活动——走进汉中职业技术学院

从社会层面而言，这有利于优化人才结构，促进人才在不同所有制企业间的合理流动。越来越多的优秀技术人才流向民营企业，将推动民营企业整体技术水平提升，进而带动产业升级与经济高质量发展。

提议通过多方共同努力，打破现有职称评定壁垒，为民营企业技术人员开辟出一条公平、公正、畅通的职业发展通道，让他们在经济发展的舞台上充分施展才华，创造更大价值。

这已经是连续第三年，刘湘宾提出与民营企业发展有关的建议。2023 年，陕西两会，刘湘宾提出《关于发挥陕西省航天航空兵器区位优势，发展民营企业促进地方经济发展的建议》，建议发挥陕西军工区域优势，引导已经投资建厂的民营企业、鼓励新设企业，积极投入军工零件制造领域，配套大型主机厂，发展军工零件制造产业集群。

2024 年，刘湘宾则带来《关于进一步鼓励支持陕西民营企业参与航空航天零件制造产业的建议》，提出希望陕西进一步出台一些鼓励和支持政策，做大做强这些民营企业，带动整个产业的发展，为陕西的大型国企和驻陕的央企助力，同时对国家级专精特新“小巨人”企业等在陕西具有影响力的民营企业，加强政策引导、加大支持力度，优化产业链协同创新环境，加大人才培养和引进力度，同时加强国际合作与技术引进。

“为什么我会如此关注民营经济，因为长期以来，我发现其已经成为推动我国经济社会发展不可或缺的力量，已经成为大众创业就业的主要领域、技术创新的重要主体等，其为社会主义市场经济发展繁荣一直发挥着重要作用。”刘湘宾解释道。

近年来，作为陕西省人大代表，刘湘宾一方面在陕西两会上奋力鼓与呼，力争为推动民营经济发展贡献自身的力量；另一方面，也一直在身体力行，利用周末时间参与到民营企业的发展中，贡献自己的智慧和力量，并且也逐渐成了劳模工匠进校园、进企业的“常客”。

“大家好！我是刘湘宾，是来自中国航天科技集团有限公司第九研究院 7107 厂的一名铣工，很荣幸能有机会在这里给大家分享我的工作和成长经历。看到大家一张张洋溢着青春气息的脸庞，听到了大家有思想、有责任、有情感、有情怀的话语，仿佛自己也年轻了很多……”

2024 年 10 月 25 日，陕西汉中市总工会“劳动铸就

刘湘宾（左）参与“跨行业名师带徒”活动

辉煌　匠心成就梦想——大国工匠进校园”活动在汉中职业技术学院举办，刘湘宾以“挥洒青春汗水，书写精彩人生”为主题，讲述了自己40年来脚踏实地、专于一技、一步步成为“大国工匠”的奋斗历程。

“跟大家分享一下我这40年的心得启发。成长的道路是曲折的，因为少不了挫折与质疑，也是漫长的，因为有着孤寂与坚守，但成长的道路同时也有着收获与改变。希

刘湘宾（左二）参加陕西劳模工匠助力发展新质生产力行动启动仪式

望大家志存高远、心系大事，立足岗位、多做实事，精益求精、勤思成事，增长本领、能担难事，顺势而为、敢于创新……”

主题报告过程中，每每遇到打动自己的地方，刘湘宾都忍不住站起来，慷慨激昂，声情并茂，极具感染力。那场上万字的讲座持续了近 2 个小时，同学们也听得津津有味。

“刘大师，作为职业技术学院的学生，我们未来很多人都会成为一名技术工人，那么您认为应该如何培育我们的‘工匠精神’？”刘湘宾讲完，有同学提问。

片刻思考后，刘湘宾语气坚定地说：“工匠精神在境界提升上要执着专注，在践行过程上要精益求精，在实践行动上要一丝不苟，在目标追求上则要追求卓越……”实则，这个问题也是刘湘宾一直在思考的，关于这个答案，他想了很多年。而今天，结合自己的实践，刘湘宾第一次鼓起勇气说出了答案，他希望通过自己的实践和思考，为学生们提供一些经验和正能量。

在刘湘宾回答完那个问题后，台下响起了雷鸣般的掌声。活动结束后，学生们纷纷涌上来和刘湘宾合影，并且拿出提前准备好的卡纸和笔，向刘湘宾要签名。

报告会现场，刘湘宾成了最亮眼的“明星”。

而这样的场景，几乎每次在刘湘宾进校园分享交流后都会出现。那张上万字的演讲稿，他每年要讲40多遍，每次都会有针对性地进行改动，每次讲完他也有着不一样的感受。“确实是我一生最真实的缩影，其中的酸甜苦辣只有我自己最清楚。”刘湘宾感慨道。

2024年初，刘湘宾又多了一个重要的身份，陕西宝鸡渭滨区劳模工匠服务团团长。

刘湘宾（左六）参加宝鸡市总工会组织的劳模工匠进校园活动

“不锈钢增材产品质量如何提升”这一困扰陕西宝鸡市广汇机械有限公司多年的难题，在2025年2月25日取得突破性进展，问题解决的那一刻，该企业负责人笑容满面。

原来，当天刘湘宾带领劳模工匠服务团的成员，开展渭滨区“劳模工匠助企行”新春首场服务活动。根据前期收集的困扰企业多年的难题，他们这些劳模工匠走进车间，现场查看并进行“头脑风暴”，与一线生产人员沟通情况，并提出自己的想法和建议。

在该核心难题得到解决后，刘湘宾则带领劳模工匠与企业技术骨干开展座谈交流，分享在机械零部件加工过程中遇到的其他技术难题及解决的方法途径，帮助该企业在技术、工艺、管理等生产经营方面进行提升。当天，该企业刀片易磨损、产品易变形等生产过程中遇到的诸多技术难题，纷纷得到有效的改善和解决。

“劳模工匠服务团助企行活动，还融合了‘师带徒’有关内容，大家走进企业解决技术难题，同时带着自己的徒弟现场教学，被解决难题的企业中的一些新人、学徒也同步跟着学，随后的座谈会更像是一堂生动的现场教学课，劳模精神、劳动精神、工匠精神也在这个过程中得以很好

刘湘宾（左四）参加陕西省人社部门组织的高技能人才进园区活动

刘湘宾参加西安航空基地“大国工匠进企业”活动留影

西安信息职业大学

刘湘宾在西安信息职业大学 2023 届学生毕业典礼上为广大毕业学子授课

地传承和发扬。”渭滨区人大常委会副主任、区总工会主席苏青评价道，她策划并全程负责了渭滨区历次劳模工匠进企业活动。

除了担任渭滨区劳模工匠服务团团长，近年来，作为重要成员，刘湘宾还大量参与到宝鸡市劳模工匠服务团的工作中。“只要通知要开展劳模工匠助企行活动，刘大师几乎每次都到，而且是开着自己的车，自费承担油费，早早到现场，义务为各企业提供帮助。”对于宝鸡市“劳模工匠助企行”活动，宝鸡市总工会副主席杜萍印象深刻。

每次助企行活动，在10多位各级劳模工匠中，刘湘宾总是最活跃的一位，走在最前面，反复认真地查看问题，分析原因，并且大胆地提出自己的思考和想法，与大家进行反复讨论。

“你已经退休了，有些活动太远，你就别去了。”有一次，看到刘湘宾实在太累，妻子袁秀芳劝他。

“那不行！”刘湘宾只回答了三个字。袁秀芳却感受到了刘湘宾的决心。

临近2025年春节，直到2024年的腊月二十九下午4点多，刘湘宾才匆匆地赶回宝鸡与家人团聚。那时，距新年的钟声敲响只剩下不到8个小时。

刘湘宾走进江阴职业技术学院给学生们现场上课

翻开刘湘宾的日志，密密麻麻地写着师带徒、进校园、助企行、参加会议、当评委等一系列活动，几乎每天都排得满满的，即便退休，刘湘宾也仍在不断地发光发热。

翻开其中一页，记录了2025年春节前10天的活动：12月21日为宝鸡文理学院学生再就业当评委；22日，西安市阎良区“劳模工匠进校园”，到阎良一中宣讲“三个精神”；23日，飞往大连，参加活动；26日，返回西安后直接到航天科工集团某研究所，参加两个活动；27日，对两个徒弟进行教学指导；28日，协助解决一些机械加工瓶颈问题；29日晚上，在研究所青年夜校宣讲……

“你每天这么忙，不会感到累吗？”

“虽然很累，但觉得心里很踏实。”刘湘宾答。

2022年6月，退休前一年，有熟人对刘湘宾说：“作为现在宝鸡市唯一的‘大国工匠’，你可是宝鸡的‘宝’，退休后还要继续发光发热吗？”

当时，60岁的刘湘宾现场便给出了一个坚定的答案：“生命不息，奋斗不止。”

作为陕西省人大代表，刘湘宾参加陕西省第十四届人民代表大会第二次会议

后 记

与刘湘宾结下友谊，缘于2024年初“大国工匠”走进民企的一次采访，采访地点就在他退休后帮扶的企业——陕西宝鸡拓普达钛业有限公司。车行至企业门口，刘大师已经等在外面。他虽已两鬓微白，脸上有一道道岁月的“褶皱”，但说起话来总是斩钉截铁，风尘仆仆中彰显着老一代军工人的责任、使命与担当。

后来，《工人日报》头版刊登了关于刘湘宾的那篇稿件——《大国工匠进民企会带来哪些改变？“绝对不可能”的事情发生了》，详细报道了他进民企提升质效、突破技术难题和瓶颈、培养高技能人才的故事。他也因那篇文章受到多方关注，成为当时“大国工匠”进民企的典范。

那篇稿件发布后，我们因此结下深厚的友谊。这也就有了之后写作本书时，刘湘宾希望由我来写他。

本书整个采访过程是比较顺利的，因为我们已经相当熟识，但时间历程却是漫长的。一方面，刘湘宾即使已经退休，也依旧很忙，被原企业返聘，周末到民营企业帮扶，各种进校园讲座、进企业解决技术难题等活动，他几乎每天都安排得满满当当；另一方面，我又有本职工作，也是每天奔波在各种采访的路上。即使我们都强烈想要见面，进行采访与被采访，但最终成稿之路还是一再延后。

幸运的是，我们都怀着一颗真诚的心，对于本书有一个共同美好的期待。因此，后面每次因工作去宝鸡采访时，我都会给刘湘宾打去电话，利用一些零碎时间进行采访。在他的工作室里，他也常会叫来他的徒弟和我聊聊。

我们也会常在各种活动中相遇，第一时间上前握手，聊聊最近的工作、生活。刘湘宾总会在活动后，第一时间把他的相关讲稿、报道、照片等资料发给我，用作我的写稿素材，这也就一步步有了如今成书的个人传记。2024 年的第八届全国职工职业技能大赛，刘湘宾等五六个“大国工匠”昂首阔步走在赛场的画面，让我至今仍记忆深刻，那是一代投身技能报国人“最美的风范”。

最后一次采访，约在刘湘宾女儿刘青家，一个周末的清晨。他要赶去拓普达公司帮扶，便开车把我送到小区单元楼门口，刘青则在楼上的电梯口接我。那是一个极其温馨的小家，刘青已经是两个孩子的妈妈，刘湘宾的爱人袁秀芳则在女儿家帮忙照顾还不到1岁的小孩，另外一个上幼儿园的小女孩在家里写字、画画。采访中，我分别和袁秀芳、刘青聊刘湘宾，她们都是那么的温柔和有礼貌，眼里闪着光，字里行间都流露着对“老刘”的爱，她们深爱并敬佩着那个操劳一生的男人。

由于时间关系，最后成书是比较匆忙的，刘湘宾一再叮嘱“祝老师，不用太麻烦了，简单些”，但我觉得那是对一个令我敬佩者的承诺。

再回首整个成书过程，感谢全国总工会、中国工人出版社提供这样一个珍贵的机会，感谢刘湘宾大师的信任和带给我精神上的提升，感谢遇到过的每一个人对我的帮助和包容，让一切都向着美好更进一步！

凡是过往，皆为序章。唯愿此书能让更多读者看到，一个普通技术工人成长为“大国工匠”背后的故事，让彼此都被温暖、被鼓励、被感动……再坚定地迈开脚步，在这春日里，一路自由前行。

2025年4月